ILS ÉTAIENT DE L'EST

ISBN : 978-2-492867-68-2
Dépôt légal : 2025

Mise en page maquette intérieure :
Thierry Schmitt/TS Infographie

Maquette couverture :
Renaud le Gall-Kraus/WE design

www.editions-abstractions.com

JULIEN THÈVES

ILS ÉTAIENT DE L'EST

ROMAN

ABSTRACTIONS

PROLOGUE

Ils étaient de l'Est.

L'Est, c'était toujours le Nord-Est, pas le Sud-Est, à mes yeux, à mes oreilles d'enfant, entendre toujours « dans l'Est », « on montera dans l'Est », manquait de précision, « cet été on va dans l'Est », je me demandais pourquoi ce n'était pas Nice, ou Lyon – et toujours la Moselle, ou les Vosges, là-haut, dans l'angle nord-est, à l'autre bout de ce Sud-Ouest, où nous vivions.

Nous, nous ne vivions pas dans le Sud, mais dans le Sud-Ouest.

Eux, ils vivaient dans l'Est, contre toute logique, et pour toujours, ce n'était pas le Nord et ses corons, ni le Sud aux terrasses ensoleillées, aux platanes alignés, c'était l'Est aux routes verglacées, aux forêts profondes, à l'alcool fort et aux accents puissants, mélangés, l'ombre de l'Allemagne et de la grande histoire, l'Est salé et piquant, et gris, et triste aussi, et vaste. Un bout du monde, un monde dont on venait.

Et où l'on retournait tous les étés.

Enfance, traversée de la France par les petites routes, Guéret, Montluçon, Moulins, où ma mère avait eu son premier poste, en 1968, elle qui venait de l'Est.

C'étaient les routes longues, la journée de voiture, les cassettes qu'on retourne, Brel et Brassens incessants dans l'habitacle, la nuit qui tombe, l'approche de la Haute-Saône, plate et perfectible, nous étions dans l'Est.

Ces vallées vosgiennes, écrasées de chaleur, tuées d'ombre, assombries par la nuit, arrosées de pluie.

Plus haut, plus loin, c'était l'Est encore, le département de la Moselle.

Le pays de mon père.

Si tant est qu'il ait eu un pays, lui qui courait tout le temps, qui ne montrait aucun attachement, c'était là.

Abandonnant la vallée vosgienne, où nous restions tout l'été, pour quelques jours nous partions là-bas, je ne sais si nous montions ou nous descendions – de toute façon, nous étions dans l'Est, Vosges ou Moselle, 88 ou 57, tout ça c'était la même chose –, nous suivions l'autoroute, dépassions Épinal, l'usine Thiriet, qui fabriquait des glaces, on montait, on piquait vers le nord, les vallées vosgiennes laissaient place à un paysage que je dirais indistinct aujourd'hui, sans caractère, nous doublions la porte des Allemands, c'était Metz déjà, et puis le village de mes grands-parents, les parents du père, qui restaient là, petite ville de B. – eux vivaient à l'écart, dans une résidence ou une cité, ces deux mots sont conjoints, un ensemble de bâtiments petits (trois étages au plus), avec l'odeur de frais de l'escalier, une odeur qui me marque à jamais. Et le vol des chauves-souris l'été, à la nuit tombée, près des agrès, du parc à ours ou de cette espèce de machin arrondi sur lequel grimper, ayant vaguement la forme d'une soucoupe renversée, telles les piscines municipales d'alors, mais fait de barreaux d'acier.

Derrière la cité, les trains passaient, ce n'étaient que des trains de marchandises.

Nous y étions, on ne pouvait pas aller plus loin, ni dans le temps ni dans les lieux, l'Est se refermait sur nous, avec son grand air d'ennui, ces journées éternelles, infinies, interminables, cet ennui si puissant qu'il vous tétanisait, vous sidérait.

On ne passait pas longtemps là, l'appartement était tout petit. Je dormais avec mon frère dans la chambre d'étudiant de mon père – je ne sais plus s'il avait grandi dans cet appartement, mais je sais qu'étudiant, il aimait cette chambre, ce lit dont il disait qu'il y dormait si bien –, mes parents couchaient dans le salon, sur le canapé, simple banquette recouverte de coussins et de couvertures, s'il m'en souvient, juste à côté de la table, la grande table des repas. Je me souviens de l'exiguïté de l'espace, et de la chambre de mes grands-parents, où nous n'entrions jamais, la petite cuisine, la toute petite salle de bains, le minuscule couloir, davantage un dégagement plutôt qu'un vrai couloir, tout était plus petit que chez nous, dans le Sud-Ouest, où nous avions une maison, plus petit que dans les maisons des Vosges, où nous passions l'été.

Le souvenir, c'est ça, c'est la vie en appartement, surprenante, et le jardin de pépé, de l'autre côté de la route, étonnant, un lopin de terre éloigné de l'habitation.

*

* *

Un jour, nous prenions la voiture et nous roulions quelques minutes parmi les champs, les mirabelliers – ce serait bientôt la saison des mirabelles, avec leur couleur subtile, à la fois intense et douce, comme le goût, le goût du fruit dont on fait un alcool si prisé –, on roulait oh pas longtemps, soudain c'était là, une toute petite route, un chemin vicinal qui descend et se termine en impasse, au fond du vallon.

De l'autre côté c'était l'Allemagne.

Trois, quatre maisons. Si vieilles. Pourries, à mes yeux, dans mes mots d'enfant.

Impression de pauvreté, d'éloignement de tout. Je crois que si je vivais là je me ratatinerais sur place, je pleurerais d'ennui, mon ennemi, mon pire ennemi : peur d'y rester.

Cet ennui heureux qu'on éprouve parfois, adulte – mais pas enfant.

Trois, quatre maisons. L'une d'elles était familiale, ma grand-mère était née là, avait grandi là, entre ces quatre maisons, sur cette place terreuse, dans ce trou, ce vallon oublié, à l'écart de tout. La maison était une ferme. La toile cirée, l'ombre – encore – dans la grande pièce, le rouleau tue-mouches, l'odeur aussi, odeur fraîche, mais marquée, y avait-il des vaches derrière la maison ? Nous venions ici rendre visite à une grand-tante que mes parents aimaient. De l'autre côté c'était l'Allemagne, cela me fascinait.

Nous marchions parfois, sur le coteau, au-dessus du village, un bout de forêt, des grands champs de blé.

L'Allemagne, pas une once de frontière, rien qui matérialise ce passage d'un pays à l'autre.

*

* *

L'Allemagne, le Luxembourg, la France.

Ces trois pays qui étaient dans la voix de ma grand-mère,

elle qui était née là, à la confluence, près du village de Schengen qui, plus tard, définirait notre monde, celui des vols *low cost*, de l'euro et des transhumances fréquentes.

Trois pays : la France bien sûr, le français, les racines, la langue, mais tout ça mouillé d'influence germanique, dans les mots différents, les R qu'on roule.

*

* *

Près de la petite ville de B., la cité des anciens, un nom revenait souvent (comme celui d'un personnage à qui on n'a pas encore été présenté) : Tromborn. Un village qui roulait doucement dans la bouche de mémé, dont mes parents riaient je crois, tant la prononciation était particulière, rendue difficile aussi par la graphie du nom.

Trom-born. Rouler bien les R.

Les noms, les lieux s'échangeaient d'une personne à l'autre, racontaient les souvenirs, une cousine, un oncle remarquable. Sierck-les-Bains, Sœtrich, Apach, Schengen, les voitures allemandes avaient la plaque SLS, Sarrelouis, la grande ville locale. Et les françaises 57, dans ce bout de Moselle inanimé, humble, assoupi sous l'été continental.

Oui, ces noms de lieux qui dansent encore dans ma tête dansaient dans les conversations, constellation familiale.

Filstroff, Flastroff, encore des R et de drôles de noms qui se ressemblent. Launstroff. Hettange-Grande.

C'était là. Ou par là, en tout cas, noria de voitures, à peine quelques jours par an, rendre visite à un cousin du père, s'ennuyer dans le jardin pendant la discussion des adultes, les voir un peu éméchés à la fin du repas. Et repartir, se laisser trimbaler.

Enfin…

*
* *

Chez mes grands-parents. Au pied de la cité.

Je le revois – mon premier 45 tours, un disque de Frankie Goes to Hollywood, était devenu tout gondolé, tordu, déformé, je le revois encore, de l'avoir laissé deux heures au soleil à l'avant de la voiture.

Le disque foutu.

B. : loin d'Hollywood. Loin de la pop, de tout ce qui animait un adolescent des années quatre-vingt.

Moselle profonde.

Donc c'était là ? J'avais du mal à vibrer aux souvenirs de mon père, faucher l'herbe l'été, les balades à vélo, je crois qu'il n'y en avait pas beaucoup d'autres, tout me paraissait si morne, rien ne m'enchantait.

Sauf peut-être la présence de mes grands-parents.

Ils ne m'enchantaient pas, mais ils devaient bien m'enchanter, puisqu'ils m'enchantent aujourd'hui, quand je pense à eux.

Là-bas. Amoureux, ensemble, un couple d'autrefois, dans le petit appartement, dans le grand lit de la chambre où l'on n'entrait pas. Retraités, deux enfants (devenus grands), vivant d'une modeste pension de douanier. Ne possédant rien. Ni de maison ni de voiture. Locataires, après une vie d'errance. Au gré des affectations de l'homme, Sète, Thonon-les-Bains, puis le retour ici, au pays – même la ville de B. n'était pas la leur. Même à B. ils n'y vivaient pas puisqu'en lisière, à un kilomètre du bourg – mais enfin c'était la Moselle, leur histoire, leur terre quand même.

Oui, ils m'enchantent, quand je les revois. Quand je revois l'appartement. Le grand lit de la chambre d'étudiant. Le large escalier ombreux et frais (deuxième droite). Quand je revois ma grand-mère cuisiner, et mon grand-père sourire, silencieux. Vertu du silence. Bonhomie de ma grand-mère – son écriture sur les petites missives reçues (parfois avec un billet ?).

Et surtout il me semble qu'ils étaient beaucoup plus gentils que lui, mon père.

*

* *

Souvenirs, souvenirs de Moselle, vite il fallait repartir, quitter le petit appartement, mais avant… souvenirs qui demeurent.

Ma grand-mère ne voulait pas qu'on allume quand la nuit venait.

J'étais surpris au début, et puis un jour je le compris, elle voulait voir la nuit arriver, ce n'était pas par économie, c'était spirituel – aujourd'hui, le soir, quand je n'allume pas, je pense à elle, je ne sais même pas que je pense à elle, mais écrivant je le retrouve, je sais que c'est ça ; quelque chose pense à elle, dans cet automatisme, ne pas allumer pour voir le soir entrer, changer les contours, emplir la pièce, assombrir doucement la vie.

Souvenirs, avant de partir, avant de repartir à jamais, avant de les laisser, avant de redécouvrir cette terre neuve, 2020, à l'occasion d'un séjour programmé en Lorraine, avant de vivre au présent, se souvenir – elle n'allumait pas, les trains de marchandises passaient derrière la fenêtre, je ne savais pas où ils allaient, ni d'où ils venaient – c'était le mystère le plus grand, une ligne secondaire, qui ne reliait aucune ville, qui ne transportait personne, un train fantôme, le soir, qui passait comme passe la vie, un simulacre de train, un hologramme.

Les chauves-souris tracent leur vol fou, quand nous sommes assis dehors sur le petit banc, c'est la première fois que j'en vois, je ne les vois pas, on m'explique ce que c'est, ce mouvement rapide, ce froissement, cet air vibrant, cette agitation. La douceur de l'été. La cité. Les voisins aux noms italiens, ou lorrains. La cuisine de mémé, cette potée lorraine, ces œufs à la neige et l'africain, le gâteau au chocolat, cette cuisine qui ravit l'enfant, et la joie de ma grand-mère à préparer des desserts – joie plus grande que celle des enfants, joie de préparer pour eux, d'imaginer leur ravissement, c'est elle qui est ravie, au fond, d'imaginer que nous serons ravis, sa voix brille, ses yeux aussi, elle nous dit ce qu'elle prépare –, des œufs à la neige ou un africain, ce gâteau moelleux, chocolaté, dont on a coutume de dire, ensuite, parce que c'était l'enfance, qu'on n'en a jamais mangé d'aussi bon, souvenirs de plats d'enfance, de recettes de nos grands-mères qui nous ont tant marqués – que les jeunes chefs tatoués revendiquent en interview, qu'ils reproduisent dans leurs restaurants tendance. Ma recette fétiche ? L'africain de ma grand-mère, ses œufs à la neige qu'elle réussissait merveilleusement.

Souvenirs, avant de partir… « à bientôt, à l'été prochain » – on ne parle pas comme ça mais peu importe –, pépé debout silencieux, avec ce sourire, mystérieux, un peu en arrière, en retrait, mémé fait de grands gestes, lui derrière, réservé, heureux. L'humilité de cet homme, de ces gens.

Le petit appartement datait des années soixante, à mes yeux d'enfant, il surgissait des années quarante, il n'avait pas tout le confort moderne, la salle de bains surtout.

Le train passe à jamais derrière les fenêtres, derrière la cité, il circule sans but, le souvenir passe et repasse, mystérieux, il n'allait nulle part et ne venait de nulle part.

Le 15 août, ma grand-mère partait à Lourdes, elle prenait ces longs trains de pèlerins qui suivaient un trajet impossible, Metz-Lourdes, adoratrice de la Vierge, c'était son truc à elle, et puis elle remontait, dans l'Est, avec ce train spécial.

Lui restait là-haut, à cultiver ses tomates, ses salades, silencieux comme toujours. Son père était mort à la mine.

Elle, elle avait été placée bonne à quinze ans, bonne à Paris, rue Soufflot, loin de la Moselle, je sais que c'est la rue Soufflot parce qu'on me l'a dit et cette information est immédiatement entrée pour n'en plus ressortir, se fichant pile au bon endroit, rue Soufflot, mon Dieu, comment pouvait-on, dans les années vingt (de l'autre siècle), employer une petite bonne à quinze ans qui n'était jamais sortie de chez elle, disposer d'une adolescente, corvéable à merci – elle rentrerait l'été à la ferme pour les moissons, pendant que Monsieur, Madame et toute la famille iraient en villégiature en Bretagne ou ailleurs –, comment pouvait-on vivre, et travailler, à quinze ans, loin de ses parents, avec toute la pression que ça supposait, et les amours ancillaires, les troussages de domestiques. De cela elle n'a jamais parlé bien sûr.

Donc, le père de mon grand-père était mort à la mine.

Mon grand-père avait quinze ans lui aussi, et il dut travailler tout de suite pour aider sa famille.

Quinze ans.

Pour mon père aussi, ce fut l'âge. L'histoire se répète toujours. Partir à l'internat, à Thionville, c'était fini, l'enfance prenait fin. La vie commençait. Ensuite ce serait Nancy, Strasbourg et le reste…

La fin d'un monde.

Pour moi, ce fut dix-sept ans. On ne quitte plus la maison si jeune, de nos jours. Mais au fond c'était pareil, prendre un train, partir à l'internat, et ne plus revenir.

*

* *

J'étais parti à dix-sept ans réviser mon concours à Strasbourg, chez ma tante (dans l'Est, encore), parce que je ne voulais pas que ma mère m'empêche de partir

(qu'elle m'empêche de réussir mon concours, verse un philtre magique dans mon verre, m'empoisonne).

Je voulais quitter à tout prix le Sud-Ouest, arpenter la rue Soufflot moi aussi.

*

* *

Souvenirs d'un sourire, d'une présence, de la bonté, d'un visage au nez marqué, aux pommettes saillantes.

Souvenir de mon grand-père, souriant, certes, mais tellement triste (d'une tristesse profonde, pas apparente : il n'était pas triste – mais due à l'humilité), tellement silencieux, qu'on n'osait le déranger, il ne m'intimidait pas, mais je ne savais pas comment lui parler, tout en lui décourageait le contact, peur de le froisser, cet homme on avait peur de le froisser, de dé-ranger le visage qu'il s'était composé, de troubler sa contenance, je le revois, il est assis à gauche, côté chambre, ma grand-mère s'affaire à droite, du côté de la minuscule cuisine.

Son silence passe pour de la froideur, une absence d'empathie, pourtant il rit, il sourit, il est humble, et timide simplement, quand mon père sera voyant, débordant, TROP.

*

* *

Le père de mon grand-père était mort à la mine, depuis que j'ai intégré cette information, je ne cesse d'y penser. Depuis que j'ai fait quelques recherches généalogiques sur le site geneanet.org, je suis obsédé. L'info revient.

La mine.

Hettange-Grande. Les hauts-fourneaux.

Depuis que j'ai trouvé quelques infos en ligne, le chemin est évident.

Leur chemin à eux, ce furent trente bornes peu ou prou entre la frontière franco-germano-luxembourgeoise, leur fief, et la ville de Hettange-Grande, où se trouvait la mine de fer.

À la fin des années soixante-dix (du XIXe siècle), ils avaient bougé (comme on dit aujourd'hui) pour se rapprocher du travail, de ces forges fumantes et meurtrières, de ces cathédrales d'acier, de ces ascenseurs pour la mine.

Dans ces boyaux étroits, crasseux, les hommes se serraient – mouraient parfois. Quelle vie, que leur vie.

Mon arrière-grand-père était mort jeune : à cause d'un éboulement ? De l'effondrement d'une galerie ? Il faudrait que je fasse des recherches plus poussées quand je serai là-bas, j'irai à la mairie, aux archives, je voudrais que les choses soient précises, lire l'événement.

J'ai prévu d'aller là-bas.

*
* *

Mort de Jean Pierre Claude Thèves en 1926. Mon grand-père avait quinze ans (dit mon père). Mais en réalité, dix-sept.

Que s'est-il passé en 1926 à Hettange-Grande ? Je vais vérifier tout de suite.

Et si je ne trouve rien, cela justifiera mon voyage en Moselle, dans cette ville autrefois minière, qui dévorait les jeunes gens de toute la région.

J'irai là, et puis de l'autre côté de la frontière, où naquit mon arrière-grand-mère allemande. J'irai au lycée de Thionville, à l'internat de mon père, j'irai à B., revoir la cité douanière, celle des grands-parents avec le petit train qui passait.

J'irai au village « pourri », dans le vallon, sous le coteau, à l'orée de l'Allemagne. Quelque chose a changé – ou pas ?

Cela fait travailler l'imagination, comme dit Modiano. Comme feuilleter de vieux bottins. Aller sur les lieux. Lire, aux archives, les journaux de l'époque. *Le Républicain lorrain. Le Progrès de l'Est.* Que sais-je. Je n'ai pas encore vérifié. Pas de démarches. Sur ce sujet si rebattu de la mémoire minière. Une enquête infime, magique, cabalistique, faire le chemin, le refaire en sens inverse, invoquer le passé dans des lieux où tout est balayé.

1.

Finalement, je ne suis allé nulle part. Sauf aux archives de la Moselle.

J'ai vécu un mois en Moselle, mais je n'ai pas bougé.

Je ne suis pas allé à Hettange-Grande, je ne suis pas allé à Thionville, je ne suis pas allé de l'autre côté de la frontière.

Le confinement est arrivé et je ne peux plus bouger. Je suis en Lorraine, quelque part.

*
* *

Je ne suis pas allé à B., sentir la cité des Douanes, revoir ce bout d'immeubles, ce grand champ infini, les anciennes chauves-souris, ce train fantôme qui passait, les jeux – le parc à ours, où nous faisions semblant de nous enfermer.

Non.

Je suis juste allé à Metz, j'ai juste revu la porte des Allemands, on passait de ce côté-là, on filait en voiture, je la revois et c'est ça, oui c'est bien ça, c'est cet édifice-là, qui m'apparaissait au bout du voyage, avant l'arrivée chez mes grands-parents, c'est cette porte médiévale. Mais plus je m'en approche, plus le souvenir disparaît, il est englouti.

À l'époque, il ne devait pas y avoir la rocade et la voiture filait, passait cette porte des Allemands, ô combien symbolique.

Aujourd'hui, celle-ci se trouve à l'orée d'un quartier que le *Guide Vert* dit oriental, un quartier de kebabs et d'ombres, quand la nuit tombe.

Outre-Seille.

Metz, je suis allé à Metz, j'ai marché dans Metz, je ne connaissais pas Metz.

Mais je ne suis pas allé à la mine, à la frontière, devant le lycée où mon père fut interne, je ne suis pas allé à B., ni au Luxembourg, ni à Schengen et son nom international, son nom d'aéroport, je suis resté ici.

Je suis juste allé aux archives de la Moselle et j'ai retrouvé mon nom dans les registres.

*

* *

Aujourd'hui, au fur et à mesure que le temps passe, que la nuit avance, je pense de plus en plus souvent à mes grands-parents.

Ils sont comme les vigies d'un temps maudit, adoré.

Mes grands-parents paternels, je ne les ai pas connus. Ou si mal.

Ils n'ont pas voyagé. Ils n'ont pas pris l'avion. Ils ont fait deux enfants. Ils n'ont pas divorcé. Ils n'ont pas cliqué, pas envoyé de mails. Ils envoyaient des lettres avec une écriture précise sur l'enveloppe – enfin c'était surtout elle qui écrivait, lui n'ajoutait même pas un petit mot en marge, comme on fait. Oui. Ils ont été. Et n'ont pas été. Ils ont été amoureux, à un moment, j'imagine. Ils ont déménagé plusieurs fois, mais toujours en France – sauf pendant la guerre, quand mon grand-père a été démobilisé en Suisse, quand les Helvètes l'ont caché dans une ferme et qu'il a rentré les foins avec le mont Cervin en toile de fond. Ils sont comme les deux faces d'une même médaille, le visage de l'homme, le visage de la femme, emblèmes, blasons, généalogie, royauté, nom du père et improbables racines.

Plus le temps passe et plus je pense à eux.
Mais je pense aussi à mes grands-parents maternels,

et j'élargis ma recherche à la Lorraine tout entière, aux Vosges lointaines qu'on voit paraît-il, par temps clair, du haut des collines de Metz.

*

* *

En Moselle, je ne suis pas allé à la mine, mais la mine m'a écrit.

La mine m'écrit que le nom de mon arrière-grand-père apparaît. Je dois prouver ma filiation. Si je veux entrer en possession de ce document qu'ils évoquent, je dois justifier par la naissance et par le sang, produire des actes de naissance, signer un engagement sur l'honneur.

Cette mine ouverte à la fin du XIXe siècle est fermée depuis longtemps.

Les archives de la mine sont aujourd'hui sous seing privé (ça se dit ?), dans les mains d'une entreprise globale dont je ne veux pas écrire le nom.

ArcelorMittal. Voilà.

Ce n'est pas si difficile que ça.

Cent vingt ans de l'histoire du capitalisme et voilà, un nom enfermé dans les archives d'un groupe coté au CAC 40.

L'accident de mon arrière-grand-père est certainement documenté dans leurs archives privées, ou alors il n'y a rien, juste un nom.

Je n'ai pas le courage de faire des recherches de presse, regarder ce qui est arrivé en 1926.

Je ne suis pas là pour ça.

Je pense de plus en plus à eux, aux aînés morts depuis longtemps, alors que mes parents ont désormais l'âge de leurs parents, alors que mes parents ressemblent de plus en plus aux leurs, environnés de petits-enfants, à moitié gâteux, retrouvés aux vacances – non, pas gâteux mais gaga, devrais-je dire, gaga de leurs petits-enfants, et encore c'est faux, mon père n'est en rien gaga –, je pense de plus en plus souvent aux anciens, aux vieux, aux disparus, à ceux d'autrefois, eux qu'on n'a pas connus adultes, dans la force de l'âge, mais simplement vieux.

Mes parents leur ressemblent.

Eux, mes grands-parents, ils ont ressemblé à leurs enfants, ils ont été déraisonnables, autoritaires, fous d'amour pour leur progéniture, ou au contraire absents, toxiques, indifférents, chargés du poids des secrets de famille.

Moi, je ne les ai connus que vieux, entre partie de cartes et tarte aux quetsches, entre balade à la rivière et bricolage dans la réserve.

On se demande parfois comment vécurent nos grands-parents, adultes – quel caractère était celui de nos parents, enfants.

On se le demande tout le temps.

*
* *

Mes quatre grands-parents se connurent, paternels et maternels, ils se rencontrèrent car leurs enfants étaient ensemble.

On se comprenait.

Entre Mosellans et Vosgiens.

*
* *

Les Vosges apparaissent depuis les collines de Metz, il faut les imaginer. Se souvenir.

On allait chercher des brimbelles dans la forêt, dans les Vosges. On ramenait des truites chopées de haute lutte dans la rivière, arc-en-ciel, que ma grand-mère – la mère de ma mère – préparait aux amandes. On se cachait dans les hautes herbes.
Tout revient, en pensant aux Vosges, en imaginant ces montagnes depuis la Moselle.

On glissait sur les aiguilles de sapin. On allait à la « pierre des quatre petits-fils », mon grand-père maternel avait planté un arbre à la naissance de chacun de ses petits-fils, il y en avait un très haut, un moyen et deux plus petits. On ne retrouvait jamais le chemin pour aller à cette fameuse pierre, moussue, large et plate, dans la forêt. On prenait à la fin le parcours de santé, pour monter à la croix de P., au-dessus du village, qu'on apercevait depuis la vallée.

Sur les photos des années cinquante, ma mère et sa sœur, petites, posaient à la croix avec la vallée derrière. Au fond, dans le creux, dans le plat, dans la vallée, s'établissaient ces grandes usines aux vitres brisées, vestiges de l'industrie textile. Toute la vallée y travaillait, tout le monde embauchait, il y avait les villas des maîtres qu'on appelait des châteaux et les petites maisons pour les ouvriers. Il y avait ces usines, de textile, comme là-bas, en Moselle, les mines ou la sidérurgie.

On marchait dans la forêt, longtemps. Il ne fallait pas toucher aux brimbelles, les renards avaient pissé dessus. On les laverait bien en rentrant. On utilisait la raclette pour ramasser davantage de brimbelles. Ou plutôt la riflette, ça s'appelait. Il valait mieux les ramasser à la main car la riflette abîmait les plants de brimbelles, abîmait ces champs immenses, au détour d'un chemin, de l'autre côté du coteau, c'était la folie des brimbelles, un eldorado, une abondance totale, il n'y avait qu'à se baisser, on en grignotait des grosses, et tant pis pour les renards, tant pis pour la maladie, on redescendait les doigts tachés, les vêtements violets. Enfants, on était tout barbouillés de violet, on s'en était foutu partout, on avait dévoré la tarte de mami – elle faisait de sublimes tartes aux myrtilles.

Oui, on pénétrait dans la forêt et on cherchait un point de vue fameux, une croix particulière, il y en avait plusieurs dans la forêt, de ces croix perdues. On s'y égarait parfois, on ramassait des gros pieds, des cèpes bleus mais mangeables quand même, il fallait casser un peu le chapeau et voir si la couleur tournait. Les amanites tue-mouches étaient délaissées, le pharmacien du village d'à côté avait mangé des amanites phalloïdes et en avait réchappé, il l'avait raconté dans un livre.

On ramassait des girolles, des vesses-de-loup. C'est ce qu'on trouvait le plus. Des girolles et des vesses-de-loup. Et des crêtes-de-coq. Seules les girolles étaient bonnes, les vesses-de-loup se mangeaient uniquement très jeunes, mais pas quand elles étaient grosses et gonflées, on s'amusait à les éclater d'un coup de pied pour disséminer les spores.
On redescendait fourbus de la forêt, fallait vite passer à la douche, y avait pas d'eau chaude, « vite vite je te fais chauffer une casserole », disait ma mère, et l'eau si froide, venue des profondeurs de la montagne, était réchauffée.

Ma grand-mère avait les doigts gourds à force de laver la salade dans cette eau si froide. Mais qui était la meilleure du monde, née du granit, des sources, des conifères, fraîchement issue de la forêt.

On partait en voiture à la piscine découverte, c'était la grande sortie, il fallait réclamer des heures, parfois des jours, avant d'être emmenés à la piscine. Les grands devaient sortir la voiture, trimbaler toute la smala des enfants. L'eau était bleue d'un bleu surnaturel, artificiel, turquoise, jaillissant. Sur le grand plongeoir on sautait de trois, six et neuf mètres. À neuf mètres ne sautaient que les pros. D'en bas ça avait l'air facile, mais en haut, la piscine paraissait toute petite, le monde très lointain. On redescendait penaud. On se retournait sur le plongeoir et on redescendait tout doucement. De toute façon, de là-haut, presque personne ne sautait. On allait bronzer dans l'herbe. On adorait l'odeur de chlore et les yeux rouges, le plastique des lunettes à la bonne odeur aussi. Les cris étaient répercutés, il y avait un pédiluve, un petit bassin, un grand bassin. Comme dans toutes les piscines de France mais celle-ci était magique. C'était le seul point d'eau, le lieu de la jouissance. On échappait pour quelques heures à l'ombre des forêts, des vallées, de la famille. On retrouvait l'insouciance, solaire, de la jeunesse. On trouvait l'été.

On construisait des cabanes dans la forêt. On abandonnait là nos travaux.

D'une année sur l'autre, on retrouvait des vestiges de cabanes.

On explorait les châteaux abandonnés, ces grandes villas des industriels qui avaient fait faillite. Ils n'avaient pas démoli les usines, pas investi les friches. Les villas étaient abandonnées avec toute leur vaisselle, leurs manteaux, leur literie. Du moins le croyait-on. Comme une villa russe, en bois. Une maisonnée absente.

On allait au cimetière où ne reposaient pas encore nos grands-parents, tous les noms étaient les mêmes. Pierres tombales froides, gravier crissant. Le monument aux morts était de l'autre côté, morts de la Grande Guerre, c'était laquelle, la Grande ? Celle de 1914 ou celle de 1940 ?

« C'est reparti comme en 40 », disaient parfois les grands.

Le quatorze était réservé à la belote, « j'ai le quatorze, belote, rebelote et dix de der ».

Ma grand-mère partait trottinant faire les courses, sa démarche était déjà celle d'une petite vieille, elle allait patiemment, tirant son cabas, ravitailler la famille, penser à ses recettes, elle remontait la rue de l'Église, tranquille, assurée. C'était un jour comme un autre. Elle marchait doucement, je la revois. Elle n'avait pas ces sautes d'humeur de sa fille, de ses filles. Placide, petite, entêtée, discrète, douce, aux yeux d'un enfant. Déterminée, tirant le caddie. Rendant visite à ses commerçants. Il n'y en avait que deux ou trois, dans la rue principale. J'ai pensé à ça l'autre jour quand j'ai vu une vieille dame marcher. C'est la même lenteur, plus rien ne presse désormais. Je ne pense pas que ma mère ait jamais atteint cette lenteur, elle a toujours la hâte sportive, mais elle ne peut plus, désormais, « attendez, attendez, moins vite, j'arrive », dit-elle.

Mon grand-père jouait au billard avec son gendre, ses gendres. Quel drôle de mot. Quel drôle de genre. Le gendre, la pièce rapportée. L'homme. Le jeune homme, encore. L'oncle ou le père, défiant le grand-père au billard. On compte les points, on tourne la molette du compteur à chaque coup gagnant de papi. Ou de papa. On met du bleu au bout de la queue de billard. Les boules sont tachées, roulent sur le tapis vert. Mon grand-père a une stratégie à trois bandes, c'est le meilleur, ses gendres s'inclinent. Ou pas. Il faut être sage dans la grande salle de billard, si froide. Ne pas déranger les adultes.

On essaie nous aussi de jouer, on est trop petits pour ces immenses queues qu'on peine à manier. Parfois, la boule jaillit hors du billard, le coup donné était manquant, trop puissant, ça dérape. On court ramasser la boule, ça ne se fait pas ça normalement, c'est la honte. On remet doucement, discrètement, la boule sur le tapis. C'est un billard français. Il n'a pas de trous. Il n'y a que trois boules. J'entends encore les coups dans la grande salle. Le coup et les boules, quand c'est gagnant, qui s'entrechoquent. Après, les adultes avaient bien mérité un petit coup, un coup de rouge, ou une bière, bien fraîche. Un pastis, un 51. Que buvaient-ils ? Je ne sais plus.

Je revois un bassin d'eau fraîche où l'eau coule en permanence, où les bières dans des bouteilles reposent, glacées.

Ma grand-mère trottinait dans son jardin, ses journées étaient comptées, le matin c'était jardin, puis linge, cuisine, service, vaisselle, rangement, en fin d'après-midi parfois, venait un peu de détente, une petite partie de cartes, en bas, avec son gendre, son mari, sa fille, elle prenait avec la belote. Elle se faisait tout le temps engueuler, enguirlander, « elle prend avec la belote », vingt points d'annonce ça suffit pas, mais elle compte sur son partenaire. Parfois, ça marchait. Mon grand-père faisait des appels à son partenaire en claquant fortement la carte sur la table, pour qu'il relance à la couleur. Ils avaient des jetons de couleur pour compter les points, les cartes étaient siglées d'une marque d'alcool, ou de pneumatiques.

La nuit, c'était quoi ?

Encore des cartes, ou des discussions. Mon grand-père avait un disque de Sardou que j'adorais, ce n'est pas ce qu'on écoutait dans la famille. Comment avait-il eu ce disque de Sardou. « Ne m'appelez plus jamais Fran-ceuh, la France elle m'a laissé tomber… » et puis ça repartait avec *Les Lacs du Connemara*, une deux, une deux, la voix martiale.

Ma grand-mère évoluait dans son jardin, elle cueillait sa salade, arrosait un peu. Elle avait des groseilliers, des framboisiers et des fraisiers. Les fraises des bois poussaient dans les coins, libres, c'étaient les mêmes qu'en forêt.

Elle circulait, elle soignait ses plates-bandes.

Les après-midi d'été, avec l'ennui sidérant, on s'asseyait sous le tilleul. Qui sentait si bon, ma grand-mère récoltait les fleurs pour la tisane. C'est une odeur d'enfance. À Paris aussi, il y a des tilleuls. Je passe dans la rue, sur le bitume, sur le macadam. Paris, ça parle fort, couleurs passe-muraille. Mais l'enfance est là.

Dans le garage de papi il y avait une vieille auto, dont on ne se servait pas. Que papi n'avait plus le droit de conduire. Que mami avait conduit une fois, en cachette de son mari, puisque ses filles lui avaient payé des cours de conduite (en cachette de son mari, toujours). Son mari lui glissait un petit billet sous la toile cirée, pour les courses. « Elle devait tenir la semaine avec ça », dit ma mère.

Dans le vieux garage, il y avait une odeur de bois, humide. C'était toujours sombre, là-dedans.
Dans le jardin, un immense saule pleureur, on se cachait dessous. Les branches retombantes formaient comme un dais, un chapiteau. Un abri étrange.

*

* *

J'ai beaucoup plus de souvenirs des Vosges que de Moselle.

Quand on prenait la route, on quittait les Vosges pour quelques jours, pour longtemps me semblait-il. On traversait Épinal qui me semblait affreux, on descendait le cours de la Moselle pour arriver dans le département qui porte son nom. On filait. On arriverait pour le déjeuner. Ma grand-mère lorraine aurait préparé la potée.

2.

Vosges ou Moselle, c'est à peu près pareil, enfant, on ne perçoit pas les différences. Dans l'Est, c'était loin de toute façon, loin de la plage, loin du Sud-Ouest, loin des copains, loin du soleil, on avait abandonné l'océan pour l'été, quand il fait si beau, on le retrouverait à la rentrée.

On faisait le chemin inverse des touristes qui débarquaient en masse à la plage.

En Moselle, pépé et mémé sont dans le petit appartement, ils ne posséderont jamais rien, à part quelques couverts. Je ne sais même pas si mon grand-père sait conduire.

Dans les Vosges, au contraire, la maison est toujours ouverte, il y a toujours quelqu'un qui s'annonce, une amie, un voisin, un cousin. Dans les Vosges, mon grand-père règne sur un empire de maisons, il en possède une qui s'appelle les Sept Cheminées, elle est quelque part dans le village, pas au centre, plutôt à l'extérieur, dans les faubourgs où les champs commencent, mais le nom revient, fait un peu peur. C'est forcément une grande maison, c'est un immeuble d'habitation, de rapport. C'est à La Dermanville, dans ce quartier excentré, qui fait un peu peur lui aussi. Dans les Vosges, mon grand-père règne, il a un sourire à la Cary Grant, ou à la Piccoli. Il est un peu intimidant. Tous les hommes sont intimidants, de toute façon, à part mon oncle qui rigole tout le temps, et qu'on ne voit jamais parce qu'il vit à la Martinique. Mon grand-père règne souriant, il accueille sa smala l'été, son fils de la Martinique parfois, ses filles qui font de grands séjours, avec les enfants dans les pattes, qui marchent sans relâche dans la forêt, qui arrivent le matin tôt après avoir traversé la France, en bagnole ou en train de nuit, avec ou sans les maris, toujours avec les enfants. Mon grand-père règne, sans élever la voix. Ma grand-mère règne aussi, par la cuisine. C'est la reine. Dans les Vosges, on n'a pas les mêmes recettes qu'en Moselle. Ma grand-mère règne avec sa cuisine divine, ça sent bon dans l'escalier, elle fait de la cervelle ou de la langue de bœuf, mami, toutes ces choses que les gens détestent, ou au contraire adorent adorer. Elle fait du jarret de veau (elle dit « osso buco »), des tartes, des clafoutis, de la salade frisée du jardin avec de la bourrache – couleur bleu lavande, au goût iodé. Elle cuisine tout le temps. C'est la bonté même, c'est la mami de conte, aussi gentille que l'autre grand-mère, mais différemment si c'est possible. Les petits-enfants sont les rois, eux aussi règnent, dans le cœur des grands-mères.

Mon grand-père dégaine son sourire de Piccoli, il est très exigeant, très brillant, il est photographe, il possédait un cheval autrefois et une voiture de sport, mais il est resté au village, il photographie tout ce que le village compte de cérémonies, et puis il photographie aussi pour lui : son village sous la neige, les montagnes blanches, les toits fumants, la rivière gelée. Il photographie les Allemands et les femmes tondues à la Libération, il photographie des choses de son époque, le petit avion qu'il n'a jamais réussi à faire voler et qu'il avait fabriqué avec son frère, il photographie son voyage à la Martinique, il avait pris le paquebot *France* et scrupuleusement, sagement, avait écrit toutes les semaines à sa famille. Mais on s'en fout, de ça. Pour l'instant, il est là, avec son sourire désarmant.

Lui et sa femme s'entendent bien, se chambrent à peine. Même chose de l'autre côté, en Moselle.

Ils montent la garde devant nos désarrois à venir, nos fracas, nos solitudes. Leur image projetée est celle d'un couple de toute éternité, leur modèle, c'est celui du couple, pacifique et bienveillant, à la fin de sa vie. Comment ont-ils pu engendrer tant de désordre ?

Bien sûr, ils ont leur vie, leur autonomie, mais pas tant que ça. Papi au billard, mami à la cuisine ou dans son jardin, chez ses chers commerçants.

En Moselle, pépé au jardin, mémé en cuisine, elle aussi.

Mes grands-parents sont la dernière génération des couples qui ont passé leur vie ensemble, qui n'ont eu qu'un mari, qu'une femme. En cela, ils sont des grands-parents mythiques. Ils sont la dernière génération d'un modèle immuable, répété depuis des lustres, des siècles. L'homme travaillait et la femme ne faisait rien, c'est-à-dire qu'elle était toujours occupée, qu'elle faisait de longues heures de ménage, de cuisine et d'éducation des enfants. Nul drame, dans ces familles, en apparence. Des tristesses sous-jacentes, secrètes, gardées pour soi, une vie durant.

Je ne dirai pas les choses honteuses pour moi, je ne parlerai que de leur honte à eux.

J'essaierai de les faire revivre.

Je ne dispose d'aucun document, d'aucune lettre, je n'ai que les photos en tête.

Je ne suis jamais retourné dans le village de mes grands-parents : ni en Moselle, à B., ni dans les Vosges, dans l'autre village qui existe avec sa forêt, sa vallée, ses sept cheminées et son empire de maisons détenu par le grand-père. C'était un homme qui avait acheté des maisons mais qui ne savait pas bricoler. Des maisons qui ne valaient rien et ne laisseraient pas d'héritage. Dans une des régions les plus déshéritées de France. Des maisons vendues les unes après les autres pour assurer une vie confortable, à la fin, à ma grand-mère, avec son assistante à domicile. Une dame qui venait tous les jours, je crois. À la fin. Une vie où l'on évite la maison de retraite. Une vie où, à la fin, on ne voit plus bien les lettres du Scrabble. Mais on a encore envie de jouer au Scrabble. Elle n'avait pas changé, ma grand-mère. Toujours le même sourire, la même bonté.

Au centre du village, leur maison était ouverte. Il y avait toujours des amis, des invités, mes grands-parents étaient commerçants, ils commerçaient avec tout le monde, mais leur commerce c'était la photo, et s'occuper de la mairie aussi car le maire était tout le temps à Paris, accaparé par son mandat de sénateur, renouvelé à vie. L'été, on était en bout de table, nous, les enfants. On avait le droit de sortir de table à la fin, après avoir bien mis les coudes sur la table et la tête dans ses mains. « Allez, filez ! Ouste ! Oui, vous pouvez. Allez, débarrassez le plancher. » Et les adultes parlaient interminablement, qu'avaient-ils de si intéressant à dire. Le dimanche, ma grand-mère mettait les petits plats dans les grands, mon grand-père sortait les bonnes bouteilles de son ineffable cave, mirifique, pleine de grands crus, mais lui ne buvait que du vin en plastique, ce n'était pas le Vin Fou d'Henri Maire, dont la publicité était peinte sur les murs aveugles des maisons de la région, à l'époque, c'était un vin dégueulasse servi dans des bouteilles en plastique, le Margnat. Mon grand-père, il aimait, ça lui suffisait, les grands crus c'était pour les invités, lui, il n'avait jamais vraiment vu la différence. Mais il avait acheté ces belles bouteilles alors il vidait la cave, il fallait vider avant de mourir. Un jour il tomba malade et mourut.

Il était âgé déjà. Les enfants étaient presque grands, je veux dire les petits-enfants. Ses enfants à lui étaient au milieu de leur vie, tout était déjà joué pour eux, la ruine amoureuse, le ratage professionnel ou l'émancipation. Mais passons. Là aussi. Voyons qui il est. Faisons revivre ces gens, observons-les comme une peuplade ancienne, comme l'incarnation d'un monde passé, comme le miroir de notre propre pays, de notre propre époque. Un miroir déformant bien sûr. Un témoignage pour ce qu'ils étaient, pour qu'ils nous disent : on vivait comme ça, il n'y a pas si longtemps que ça.

Dans la maison où j'écris, en Moselle, où je me suis absurdement installé sur le motif, même si le confinement interdit désormais tout déplacement, tout pèlerinage, toute recherche généalogique, toute émotion proustienne, deux vieilles personnes se déplacent. Elles se déplacent au-dessus de ma tête, je suis au rez-de-chaussée. Eux occupent l'étage. C'est tellement triste une vie qui est finie. Eux aussi, leurs enfants viennent les voir. J'ai aperçu les petits-enfants l'autre jour, qui courent partout. Leurs parents feignent l'assurance avec la grosse voiture neuve, les smartphones et les nouveaux codes de ce monde. Mais les vieilles personnes sont encore là et passent et repassent. Ils auraient pu être mes grands-parents, ou mes parents maintenant, il y a tant de temps qui est passé. Dans la maison où j'écris, deux vieilles personnes ont fini leur vie. Mission accomplie. Enfants mis au monde, rendus au monde, envolés et à leur tour parents. La maison est construite, la retraite tombe tous les mois. Le nid est vide. Il y a chez les humains, pas comme chez les oiseaux, une migration qui conduit les enfants à revenir chaque année, l'été, parfois l'hiver, à l'endroit où ils sont nés, auprès de ceux qui les ont mis au monde. Il n'y a pas de date fixe, de période immuable comme chez les oiseaux. Le nid se remplit, de temps en temps, il reste de la place, on fait les lits, on prépare les chambres d'amis. Les chambres d'enfants reprennent du service, ce sont les petits-enfants maintenant qui s'entassent là-dedans. Dans la maison où j'écris, deux vieilles personnes lorraines auraient pu être mes grands-parents, il y a longtemps.

*

* *

J'essaie de me souvenir, je suis toujours impressionné par le luxe de détails des mémoires d'enfance, il ne reste rien, je répète toujours les mêmes choses. Il y a des photos bien sûr. Mon grand-père cheveux au vent, rayonnant, fiérot, debout sur sa Panhard décapotable, ou sur son cheval, les Vosges toujours, les gens flamboyants des Vosges, cette famille entreprenante, avec son lot de réussites et de désastres, le frère mort à la guerre, celui décédé d'une tape trop forte de l'instituteur. La tante qui n'a pas pu avoir d'enfants mais qui avait une usine, que sa fille adoptive a roulée, que son mari a trompée. Celle, sans drame, qui est partie vivre très loin, en Californie, « oiseau sur la branche », dont le mari fut dévoré par les requins. Ah la la des photos, oui, il y en a. Toute la famille vosgienne sapée comme des princes, comme des milords, comme des jeunes gens de bonne famille, un peu au-dessus de leur rang, un peu *overdressed* pour le village, en 1943. Tous sourient comme des fous. On dit souvent que, sur les photos anciennes, les gens ne sourient pas, on leur demandait de ne pas sourire, mais là, je peux vous dire qu'ils sourient de dingue. Ils sont tellement heureux d'être ensemble, les frères et sœurs vosgiens, entourant leurs parents. Ma grand-mère est là aussi, elle s'agrippe au bras de son homme, celui qui est si brillant, cheveux au vent, qui a construit un avion avec son frère, qui ne vola jamais.

Ah, il y a des photos, et puis on voit les époques passer. Mes grands-parents dans leur soixantaine, déjà vieux mais encore jeunes. Années soixante-dix cette fois. Leurs enfants sont sublimes, à peine trentenaires, il y a déjà un ou deux bébés dans la famille. Le nid s'est rerempli, pour l'été, la transhumance a fonctionné. Pour pique-niquer, on a dressé la table pliante dans le jardin, les thermos sont de sortie, papi se sert un café, puis fait un somme dans la chaise longue. On entend le bourdonnement de l'été, les insectes joyeux, la chaleur qui monte de la terre, dans les Vosges, c'est si rare. Les enfants ne veulent pas faire de sieste, les adultes ne sont pas réactifs, ils s'allongent petit à petit, sur la grande nappe étalée, qu'est-ce qu'on va s'ennuyer encore. Observer les insectes ne suffit pas. Mami range la table pliante, débarrasse la grande nappe, papi ronfle doucement. On voudrait jouer à l'insecte qui se pose sur un visage gêné, endormi, faire comme si c'était une mouche, mais on n'ose pas. Les colères de papi sont terribles. Enfin on n'en a jamais vraiment vu mais on imagine que c'est pas commode, il vous glace avec son regard, d'un mot, d'une phrase : « Mais ! »

Après il y a les dernières photos, celle du grand repas pour les quatre-vingt-dix ans de mami, là on voit que le nid est vide depuis longtemps, beaucoup de temps est passé, les photos sont dans cette couleur moche, *cheap*, développement au kilomètre, bientôt ce sera les smartphones, les bébés sont de beaux jeunes hommes. Le fils aîné est mort, les filles vosgiennes vieillissent, elles ont des lunettes, des cheveux blancs, elles sont encore jeunes mais mami, elle, n'est plus jeune du tout. Ce dernier repas, c'est comme un enterrement. Elle va bien, elle est là. Mais elle mourra un an plus tard.

Je remonterai le temps toujours.

Je trouverai d'autres photos, d'autres images mentales.

3.

Je suis toujours en Moselle mais je pense toujours aux Vosges, à la vie qu'ont eue mes grands-parents là-bas.

De la Moselle aux Vosges, il n'y a qu'une centaine de kilomètres.

*

* *

Des Vosges à la Côte d'Azur, bien plus.

L'hiver, mes grands-parents vosgiens descendaient à Nice, des photos en témoignent, et comment oublier.

Ils s'installaient à Nice.

Ils vivaient, des années après, comme l'aristocratie anglaise qui passait l'hiver sur la côte. Ma grand-mère traînait toujours son petit cabas, elle allait faire ses courses rue de France. Ils quittaient la rudesse des frimas, ils s'ensoleillaient.

C'était les couleurs jaune et rouge de l'Italie, les sapins

étaient loin, c'était le bleu turquoise de la Méditerranée, aussi bleu que celui du pédiluve de la piscine municipale, là-haut, dans leurs Vosges ancestrales. Ils descendaient à Nice. Ils y restaient pour six mois. Ils vivaient en couple, en amoureux, dans un petit studio. La vue sur mer était fantastique, on voyait la Corse par temps clair, à l'aube. On regardait les avions décoller et atterrir, lentement, bruyamment, au-dessus de l'eau. Ils vivaient en amoureux, les voisins les laissaient tranquilles, la grande maison vosgienne était bouclée, plus d'obligation, plus de visites de voisinage, un air d'enfance. Une brume, une brise de jeunesse. Voir la lumière de Méditerranée, vivre à deux dans le petit studio, minuscule, mais sur la Promenade. Dans une résidence de standing. Avec une autoroute urbaine à leurs pieds. La lumière était toujours brûlante, on marchait avec mon grand-père vers le centre de Nice, le soleil brillait, brillait, brillait, brillait. C'est facile mais c'est vrai. Tout était plus éclatant, qu'avant, qu'autrefois. En février c'était le carnaval de Nice, et le corso fleuri. C'était le temps des mimosas. Des parfums. Ils avaient de la famille par là-bas. Tous ceux qui avaient quitté les Vosges pour le Midi. Ils étaient allés vivre dans le Midi. Ces régions claires attiraient. « Ils vivent dans le Midi », c'était la formule magique. Je n'ai plus l'impression qu'on parle de Midi aujourd'hui. On parle de réchauffement climatique, et de vacances en Grèce ou sous les tropiques. À l'époque, le soleil se trouvait là. Au bout de la fameuse nationale 7, une vie meilleure, plus claire. Menton promettait 300 jours de soleil par an.

Qui sait où est le Midi, aujourd'hui ?

Un enfant d'aujourd'hui ne sait plus où est le Midi.

Pour moi, le Midi, c'était – c'est encore – cette zone immense où, tout d'un coup, tout change. La langue, les couleurs, l'air ambiant, quelque chose chante, chantonne, rend la vie plus légère. On boit du pastis sur la terrasse, on joue à la pétanque, on se baigne dans l'eau fraîche de la grande bleue qui apparaît par la vitre du train. C'est un monde où on est toujours en vacances. C'est Sanary-sur-Mer, Les Issambres, Bormes-les-Mimosas, c'est toute cette côte qu'on dit aujourd'hui ravagée et que le train ne se pressait pas de longer, après Marseille la faramineuse. On était déjà en vacances. Ici, rien n'avait bougé. Ni le rouge des Maures et de l'Esterel ni les courbes marquées des pins parasols. C'était comme au temps de Matisse. Comme au temps de Fitzgerald. Et au temps des congés payés. Avec le clocher de Saint-Paul-de-Vence, qu'on aperçoit du haut du beffroi de la gare de Lyon.

Mes grands-parents avaient adopté la côte, s'y étaient fait des amis, sans pour autant abandonner leurs Vosges. Une de leurs amies parlait souvent de « Monte-Carl' », les gens conduisaient comme des fous, comme des Italiens, ils pilotaient des Autobianchi. L'hiver, on pouvait aller au ski en prenant la route en lacet, au-dessus de la vallée de la Tinée. On quittait Nice un matin et on arrivait deux heures après à Auron ou à Isola 2000. De là-haut on voyait la mer. On skiait avec la Méditerranée en toile de fond. Tout le monde était hyperbronzé, le fric débordait. Isola 2000 était un gratte-ciel posé sur la neige, une sorte de Vegas des cimes. Auron plus traditionnel. En bas, dans la vallée, près de la plage, le centre commercial Cap 3000 attirait tous les consommateurs de la côte. Bref. Oui, bref.

Mes grands-parents aimaient la côte, cette petite vie douce loin des montagnes vosgiennes. Ils vivotaient, ils regardaient la mer. Ils achetaient *Nice-Matin* aux grosses lettres qui tachent. Je visitais le musée Masséna avec mon grand-père. Ma grand-mère nous offrait des chocolats de chez Auer, quand on allait les voir à Pâques, une énorme poule en chocolat, pleine de douceurs, de bonbons.

On ramassait des galets sur la plage de Nice. On ne se baignait pas.

Mon grand-père avait acheté des jumelles pour tenter d'apercevoir la Corse – et les femmes dénudées.

Des images reviennent, des photos de Nice. La sœur de mon grand-père, celle qui n'avait pas d'enfant mais avait une usine, avait été trompée par son mari, roulée par sa fille adoptive, venait. Elle descendait à l'hôtel West End, sur la Promenade. Hôtel blanc classique. Un palace tout blanc.

Non, finalement, il y a peu de photos de Nice. Je les revois âgés, mes grands-parents, dans leur studio avec vue, mais pas d'images. Simplement eux dans l'ascenseur, sur le palier, dans la rue derrière. Sur le balcon du studio, avec le boucan de la Promenade. Pourquoi être venus vivre dans le Midi ? On ne descendait pas pour la semaine. On ne prenait pas l'avion ni le TGV. C'était pour la saison entière. À la retraite.

Ils avaient cherché à renouer des liens avec la famille, avec ceux qui étaient descendus dans le Midi : à Grasse, à Biot, à Gap aussi, où mon oncle avait été chasseur alpin.

Mais la greffe n'a pas pris.

Ils sont retournés dans l'Est, c'est là que tout se passait.

En Moselle, à B., mes autres grands-parents ne partaient jamais en vacances. Eux restaient tout le temps dans leur appartement, à côté de la voie ferrée mystérieuse. Pas de folie des grandeurs, pas de famille dans le Midi. Tout le monde dans le coin. Et le jardin à cent mètres, de l'autre côté de la route.

En Moselle, on restait. Je vois mes grands-parents immobiles ou répétant toujours les mêmes gestes, dans l'appartement. L'homme lit le journal. La femme est à la cuisine. Ils dorment dans la même chambre. Compagnons de vie, ils se sont choisis et le restèrent.

En Moselle, on fauchait les blés l'été, on ramassait les mirabelles, on distillait le schnaps. Il ne me reste rien d'autre.

*
* *

Aujourd'hui, en Moselle, j'ai assisté à la migration des grues cendrées.

J'ai pensé aux enfants devenus adultes qui migrent aussi l'été, à ma comparaison bizarre et ridicule. Cette fois, c'étaient de vrais migrateurs, un instinct véritable qui poussait ces oiseaux vers le Midi, vers le sud, vers les rivages d'Afrique peut-être même. Il en avait toujours été ainsi. Mes grands-parents de B. avaient peut-être vu passer, chaque automne, ces formations en V. Ils avaient entendu ce cri rauque, venu de si haut, et qui pourtant tombait jusqu'au sol. Les grues cendrées passaient, on m'explique que ce ne sont pas celles qui sont en avant, au milieu, les plus fortes. Ce sont les plus faibles. Et les plus vaillantes guident par les côtés, par l'arrière. Aujourd'hui, en Moselle, c'est l'automne, et les couleurs sont flamboyantes. Mes grands-parents sont morts depuis longtemps. Je ne connais pas ce pays.

Les grues cendrées passent, avec leurs cris, c'est magnifique dans le ciel bleu. On les entend arriver, alors on lève la tête. De loin, on entend le cri. Et soudain elles sont pile au-dessus, on distingue mieux leur allure, presque leurs couleurs, leur long cou. C'est le bonheur. C'est l'éclate. Elles sont tellement haut et elles volent, elles vont vers le soleil, elles migrent vers le couchant. Elles vont un peu vers l'ouest, un peu vers le sud. Elles arrivent d'Allemagne, de Scandinavie. Il paraît qu'elles ne vont plus jusqu'en Afrique, à cause du réchauffement. Le lac du Der-Chantecoq, le bien nommé, leur suffit. Certaines descendent quand même un peu plus bas, jusqu'en Camargue. Au moins, elles n'ont pas oublié le Midi. Elles n'ont pas oublié Crin-Blanc, les gardians, les flamants roses. Elles filent tout droit. Mes grands-parents les entendaient, autrefois. En Moselle.

Eux aussi levaient la tête. Eux aussi rêvaient à ces oiseaux fidèles, libres, qui voient toujours le bon côté des choses. Qui choisissent le soleil quand l'hiver vient. Qui planent au-dessus des coteaux, des plaines, aux couleurs flamboyantes. Eux aussi, mes grands-parents de Moselle, voyaient peut-être les grues effectuer leur beau voyage.

Je lève la tête.

C'est sidérant, planant.

Je voudrais être un oiseau, faire deux fois par an ce voyage. Aller vers la lumière. Revenir vers ma terre à la belle saison. Descendre, puis remonter. En groupe. Être programmé de tout temps.

Ce sont mes grands-parents des Vosges qui faisaient cet exil, cette transhumance d'hiver, comme le font encore les seniors allemands vers Tenerife ou les retraités nord-américains vers la Floride. Et reviennent souvent l'été, dans le Nord. Ils ouvrent la maison familiale et préparent le jardin.

Mes grands-parents de Moselle, eux, restaient ici et regardaient les oiseaux voyager. Ils n'avaient qu'à lever la tête. Comme moi aujourd'hui.

Et rêver à une autre vie.

4.

Aujourd'hui, la mine m'a écrit. Aujourd'hui, en Moselle, j'ai reçu un mail. Il y a si peu de traces. Mon nom se trouve sur le registre de la mine. Tout est écrit en allemand, en belle ronde. L'application de ces gens, avant l'ordinateur. Jean est écrit Johannes. Il y a la date d'entrée dans l'entreprise, 1908, et la date de sortie, 1926. Celle de la mort de l'ouvrier.

Cynisme de l'administration, cruauté allemande, froideur bureaucratique, blancheur inhumaine : deux dates, mais rien ne précise l'accident. Rien ne dit la mort violente. L'ouvrier a simplement quitté l'entreprise. « Cette personne ne travaille plus ici. » Il n'y a personne à l'adresse indiquée. *Eintritt, Austritt.* Entrée, sortie. Il a quitté l'entreprise le jour même de sa mort. Tiens donc, comme par hasard.

Alors même que la Moselle est redevenue française, que l'Allemagne a été vaincue, le registre de la mine Charles-Ferdinand, possédée par la famille Stumm, est toujours tenu en allemand. La cruauté est française, tout autant qu'allemande.
Ce registre en allemand, c'est peut-être plus pratique.

Plutôt que de tout remettre en français. En 1918, quand l'Allemagne est vaincue, la mine est intégrée dans les Aciéries de Lorraine. Ensuite viendront Usinor, Sacilor, puis Arcelor devenu ArcelorMittal. Un monsieur venu de très loin a racheté ce bout de terrain. Lakshmi Mittal, né à Sadulpur, Rajasthan, en 1950, est devenu propriétaire de ce bout de France, de ce bout d'histoire, de ce vestige industriel fondé à la fin du XIXe siècle par Karl Ferdinand von Stumm, né à Sarrebruck en 1836, de l'autre côté de la frontière.

Ça fait toujours rêver, ces aciéries, ces hauts-fourneaux.

Je me demande juste ce que fait M. Mittal de cette mine et de ces aciéries désaffectées depuis quarante ans.

Entré le 3 juillet 1908 à la mine à l'âge de trente-six ans, mon arrière-grand-père en est « sorti » le 24 avril 1926 « les pieds devant », comme on disait autrefois.

Qu'est-ce qui a bien pu se passer.

La mine m'a écrit, mais elle ne m'a rien donné d'autre. On m'avait promis beaucoup d'informations, on disait que les archives disposent parfois de données détaillées sur le foyer du mineur, l'adresse, la femme et les enfants, j'aurais pu rêver d'autres choses, de photos, de commentaires sur un carnet professionnel. Rien. Une mémoire engloutie dans le noir de la mine. Un éclat, un éclair, un flash de phosphore, et c'est fini. Rien d'autre.

Bien entendu, les noms des autres mineurs ont été biffés et le bout de registre m'a été envoyé par mail, savamment découpé.

Pour le connaître, cet homme qui porte mon nom, j'aimerais connaître mieux l'histoire de cette mine.

J'adore la minette de Lorraine, j'adore l'expression : ce fer de mauvaise qualité que les mineurs se tuaient pourtant – c'est le cas de le dire – à extraire.

Il n'y a rien d'autre : la date d'intégration dans l'entreprise, la date de « sortie ». Il faudrait compulser les archives de la presse locale pour savoir ce qui s'est passé le 24 avril 1926. Si l'accident fut même mentionné. Ou si, à l'époque, ça ne comptait pas. J'ai parcouru récemment quelques articles de la presse régionale des années trente, disponibles sur Internet. Un homme jette sa femme dans la rivière, un autre périt dans un incendie criminel, un troisième s'est pendu le long du chemin. La sauvagerie d'une époque. Je n'idéaliserai plus jamais ces années, je ne rêverai plus au passé, à un monde plus pur. Au début du XXe siècle, la violence est banale, ça occupe trois lignes dans les journaux. L'accident de mine, pareil. Ça doit être pareil. En tout cas, ce ne fut pas un grave accident, une catastrophe collective ; ça n'a dû tuer que lui. Sur Internet, je trouverais des choses si ça avait marqué l'époque, l'histoire locale.

Jean Pierre Claude Thèves meurt en 1926, à

cinquante-quatre ans. Il était entré à la mine à trente-six ans.

Qu'a-t-il fait avant ?

Marié, plusieurs enfants, comme tant de gens à l'époque. Fils de cordonnier, petit-fils de « manœuvre, vigneron, journalier », comme me l'apprennent les sites de généalogie.

Il n'y avait pas de photo de lui chez mon grand-père, on ne parlait de lui qu'à partir de sa mort. Un grand blanc. Débrouillez-vous avec.

L'histoire originelle.

La mine ne me dira rien d'autre, ils n'ont rien d'autre.

Peut-être lui aussi, dans les plaines de Moselle, rêva-t-il à la migration des grues cendrées ? Au temps de la ruralité, quand il fallait posséder la nature, s'en rendre maître, la faire cracher des ressources, rêvait-on comme aujourd'hui au vol en V de ces nobles oiseaux ? La fuite vers le soleil de ces êtres divins planant si haut était-elle un moment de joie ? Ou n'était-elle qu'un signe, une information concrète : l'automne était là, et l'hiver bientôt.

Il faudrait mieux connaître l'histoire de la mine pour le comprendre lui, cet homme.

Sur les photos disponibles en ligne, des travailleurs souriants posent à côté d'une locomotive qui convoie vers le fond, qui descend dans les galeries suivant un plan incliné. Les hauts-fourneaux ont leur allure de sculpture contemporaine. Tout est noir et blanc, petit paysage de maisons, un peu ravagé par l'industrie. ArcelorMittal organise certainement des visites. Le confinement a tout interrompu. Sur cette terre qui fut allemande, de 1870 à 1918 puis de 1940 à 1944, on se demande ce qui s'est passé. Les langues se mélangent encore. Sur les registres comme dans les esprits, les prénoms passent d'une langue à l'autre, les noms aussi. Les roulements de R viennent de là, l'accent chantant et doux, les diphtongues mouillées, tout ça, c'est la terre en partage. Et les mines à l'horizon. La vallée des anges : Hayange, Florange, Uckange, Hagondange. Les hauts-fourneaux qu'on voyait rougeoyer au loin, toutes les nuits. Même ici, depuis les collines de Metz. C'est un gars du coin qui me l'a dit.

Les Français côtoyaient des Allemands, des Polonais, des Belges, des Italiens déjà, dans ces mines de Moselle. Et peut-être les premiers Maghrébins. La grande histoire de l'industrie était en marche, avec ses mélanges, ses rencontres, ses histoires de voyage, cet argent cherché, cette envie de vivre, de se marier, d'avoir des enfants, d'échapper à la misère, de travailler dur pour vivre durement, doucement. Pour vivre simplement. Pour vivre entre frères, entre camarades si c'était possible.
En quelques années, la vallée s'urbanise, la plaine attire du monde. La commune de Hettange-Grande, où est située

la mine, double sa population.

Mon arrière-grand-père quitte son village, situé à la frontière, aux trois frontières, près de Schengen. Il n'a que vingt-cinq kilomètres à faire. Pour rejoindre la mine. Et commencer une nouvelle vie.

Comme je ne peux pas aller aux mines, rêver à l'histoire des hommes, des ouvriers et des maîtres de forges, je reste ici, dans un rayon d'un kilomètre prescrit par le confinement.

Je remarque les croix de Lorraine sur les vieux bâtiments, je repère les noms germaniques sur les boîtes aux lettres des maisons pimpantes, j'admire les grosses voitures immatriculées au Luxembourg. Dans ce village, près de Metz, il paraît que tout le monde a une piscine – enfin, presque. La fortune est venue, finalement. La mine a payé. Elle a fermé mais elle n'a pas laissé du vide. La Lorraine se régénère, grâce à l'argent du Luxembourg et aux industries écoresponsables.

L'automne est beau, les arbres extrêmement précieux, ce sont comme des êtres rassurants. Ils ne peuvent pas bouger mais justement, ils sont là et ils le resteront. Je compte sur eux chaque matin, pendant mon séjour en Moselle. Ils flamboient puis perdent leurs feuilles. Ils ont le temps.

5.

Dans les Vosges, c'était toujours l'été, jamais l'automne.

Pas comme ici, en Moselle.

Pas comme ici, où l'hiver vient.

Je me souviens de ma grand-mère vosgienne qui me tenait la main dans le petit raccourci. Je l'accompagnais aux courses. Entre deux maisons, deux propriétés, on pouvait emprunter ce passage noir. On ne sait pas si l'on ira jusqu'au bout. C'est une peur, un désir d'enfant. Humide, secret, interminable.

On emprunte enfin ce passage qui me fascine. C'est un souvenir très doux. La jolie relation d'un enfant avec sa grand-mère, comme je l'observe aujourd'hui entre mon neveu et ma mère : quand elle lui lit tout doucement une histoire, pour qu'il s'endorme. C'est ce genre de lien. Ma mère lit tout doucement, doucement, de plus en plus doucement, et le petit enfant ferme les yeux, essaie de les garder ouverts, les referme, c'est de plus en plus difficile de résister, il écoute, il suce son pouce, sa main retombe, il écoute captivé, brumeux, rêveur, il n'en peut plus, va sombrer, la voix de ma mère est de plus en plus douce, presque silencieuse, un filet d'histoire, l'histoire n'est pas finie mais l'enfant dort. C'est ce type de lien.

Ma grand-mère marche avec moi dans ce raccourci fascinant, dans ce passage entre deux propriétés.

Je n'ai jamais oublié ce raccourci. J'y pense souvent. Je ne me souviens que du long passage noir, presque une attraction. Une fête. Une découverte. Quelque chose s'inscrit dans la mémoire, dans le corps, n'en partira jamais.

J'ai retrouvé ce passage ici, en Moselle, c'est exactement le même, même si ce n'est pas le même village, ni la même époque : cette venelle, cette voie autorisée aux riverains, étroite, on n'y marcherait qu'à deux de front, et encore, elle va tout droit d'un bout à l'autre du quartier. D'un côté, un mur haut, peut-être un vaste domaine. De l'autre, d'autres propriétés. Le passage est éclairé la nuit, des loupiotes fixées contre le mur, à hauteur basse. Je marche. Je vais tout au bout du passage, la nuit. En ayant un peu peur.

Ce n'est pas la sensation d'enfance. Ce n'est pas la même chose. On ne retrouve jamais, ces choses.

*

*   *

Dans les Vosges, je me souviens aussi que je faisais peur à ma grand-mère, je m'amusais à faire « wouh ! » en entrant brusquement dans la cuisine, elle sursautait, elle riait bien sûr – avec le temps je pense qu'elle avait vraiment peur, que ça ne devait pas être très agréable, les enfants sont affreux, odieux, égoïstes, inconscients, sadiques, avec le temps parfois je regrette ce petit jeu. Mais je ne pouvais pas être autrement. Je montais par le long escalier étroit, je laissais en bas le bureau de papi, la salle de billard où aucun coup ne résonnait à cette heure, aucun éclat de voix mâle, et je montais à la cuisine suivant la bonne odeur. De langue de veau ou d'osso buco. Je marchais à pas de loup. Hop, hop, dans le couloir. Arrivé dans l'embrasure, à la cuisine, où ma grand-mère touillait, sauçait, façonnait, où elle faisait mijoter toutes ses bonnes choses, lavant aussi peut-être sa salade dans la fameuse eau froide des Vosges, je faisais : « WOUH ! » et cette fois je le mets en majuscules, très fort, très fort je criais, ou j'entrais juste brusquement, d'un coup, dans la cuisine et ma grand-mère portait sa main au cœur, « Tu m'as fait peur ! Oh la la. » Et elle m'embrassait.

En bas, j'avais laissé le bureau et la salle de billard, j'avais laissé le grand cheval de bois qui servait aux mises en scène photographiques, au décor des photos de mariage ou de baptême. Dans une armoire vitrée, plusieurs appareils photographiques. De vieux modèles, des Leica, des Zeiss. Dans une armoire vitrée, les trophées, les beaux objets, les sublimes appareils. Sur un bureau, une machine à écrire. Des feuilles à en-tête. Pour établir les factures ? Ou faire son courrier, simplement ? Photo Ciné. L'adresse et le nom du village. Le nom du photographe. La marque : Kodak. Le sponsor. Clic-clac c'est dans la boîte. Merci, Kodak. Toute une époque.

Dans le bureau de papi, ces médailles nous intriguaient. Papi n'avait pas fait la guerre mais disposait d'une tripotée de médailles. Je me demande s'il ne les achetait pas, les avait-il vraiment reçues, avait-il été honoré ? De quelque manière, pour quelque héroïsme. Aucune idée. Il y a les Palmes académiques, le Mérite agricole, la croix de guerre grise, sobre, triste. Et la flamboyante Légion d'honneur. Mais d'autres encore. Une collection, comme une autre, comme les bouteilles de vin dans la cave. Sur le bureau, la machine à écrire commence à crépiter. Je commence à écrire de petites choses, les menus de mami, pour les grands repas. C'est rigolo de taper. Il y a le ruban qui parfois manque d'encre. Les feuilles qu'on roule dans la machine, on fait tourner le cylindre. Parfois ça fait bourrage. Comme aujourd'hui dans nos imprimantes.

Le bureau arrive du passé le plus récent, le temps où papi travaillait encore, il y a de la paperasse, des tiroirs métalliques qui basculent vers l'avant, c'est une grande armoire en fer. On ne fouille pas. On ne s'intéresse pas. C'est comme un musée, un conservatoire, éclaté, ouvert, laissé là, aux jeux des enfants. Mon grand-père ne s'assied plus jamais à son bureau, il ne dicte pas son courrier, il ne tape pas à la machine. Il ne photographie plus, ou alors avec un petit appareil banal, comme on a tous. Et même pas, je crois. Il joue au billard. Il reçoit. Il sourit. Parfois, il fronce les sourcils, tout le monde se tait. C'est un pro du billard, maintenant. Les photos sont au grenier, les affaires vendues, le cinéma qu'il tenait avec son beau-frère a fermé depuis longtemps. Une vie est passée, on remballe.

« À table ! C'est prêt ! » Qu'est-ce qu'on a pu l'entendre, ça. Et on l'entend encore, aux migrations d'été, quand on revient tout poisseux de la plage, dans le Sud-Ouest, quand on a à peine le temps de se doucher avant de commencer le repas, préparé avec les gestes imités, transmis par la grand-mère, quand ma mère imite sa mère, quand ma mère cuisine comme la sienne le faisait, avec tant d'attention.

À table ! Et les grands repas vosgiens commencent, avec tarte aux brimbelles en dessert.

Les hommes remontent du billard, les femmes aidaient déjà à la cuisine. Et les enfants, il faut toujours les houspiller, « lavez-vous les mains », « lave-toi la figure », « regarde comme tu es sale », « où est ton frère », « où est ton cousin », « allez, à table, tu joueras tout à l'heure », « ça fait une heure que je vous appelle », « on se met à table c'est plus l'heure de faire les idiots ».

On revoit tout en écrivant, je revois cette cuisine de ma

grand-mère avec sa grande fenêtre, les bols de chocolat chaud le matin, les bols bretons avec nos prénoms, le casse-croûte de mon grand-père sur les coups de 11 heures, un peu de saucisson à l'ail et un petit blanc, les cocottes sur la cuisinière, la salade qui trempe dans l'évier, qui surnage, qui flotte, qu'on rincera tout à l'heure. Qui doit tremper on ne sait pas pourquoi. Je revois tout. Le passe-plat entre la cuisine et la salle à manger. L'horloge, et soudain les cloches de l'église, à chaque heure, et même à la demie, et peut-être au quart. La micheline qui passe au fond du jardin, qu'enfants nous nous dépêchions d'aller voir, on courait, on traversait la cour, on filait dans la rue principale, d'où on voyait mieux. Et on admirait le beau vaisseau rouge et or entrer en gare avec son panache de fumée noire, on s'en foutait de la pollution à l'époque. Bip-bip pressé de la barrière qui se baisse, plus une voiture ne passe, bip-bip ça continue à biper, le feu flashe rouge et vert – ou est-ce que j'invente –, je me souviens en tout cas très précisément de l'attente, c'est à la fois hyperrapide et il faut attendre un peu. La micheline est annoncée. Vite, vite, la barrière du passage à niveau descend. Quelques secondes d'apesanteur, un suspense fou. Et soudain, elle est là, tout de suite. Rouge et or, fumante, aux banquettes en skaï brûlantes l'été. Parfois, nous allions accueillir un membre de la famille, un ami, à la petite gare. À trois minutes de la maison. Elle repartait, la micheline, vaillante, elle continuait jusqu'au fond de la vallée. De l'autre côté, c'était l'Alsace, les trains n'allaient pas plus loin.

En relisant mes notes tandis que j'écris, je me souviens de mes départements. Mon grand-père me faisait réciter mes départements, 01 Ain, 02 Aisne, 03 Allier, 04 Alpes-de-Haute-Provence, faire apprendre des choses par cœur aux enfants, c'était le grand truc, et moi je me prêtais au jeu avec fougue, 05 Hautes-Alpes, 06 Alpes-Maritimes, 06 le plus beau numéro, celui du soleil et des palmiers, de l'eau turquoise et des pistes de ski immaculées. 07 Ardèche. Là, ça ne m'évoquait rien. La liste de ces départements, 08 Ardennes, 09 Ariège, c'est une musique, un poème, la beauté d'une longue liste sue par cœur, inutile et belle. Mon grand-père avait poussé le vice jusqu'à étendre le jeu aux États américains, Alabama, Arizona, Arkansas, on était en plein western. J'étais un singe savant, m'a dit mon père un jour. Prends-toi ça. Et quelque part ce n'est pas faux, c'est la folie des enfants, ma folie, ma honte autant que la leur. Mais j'adorais mon grand-père. Et j'aurais fait n'importe quoi pour lui.

6.

Les autres, les Mosellans, je n'étais pas aussi proche d'eux. Mais ma grand-mère était proche de nous, on était forcément proches d'elle. Elle souriait tout le temps, elle avait le contact facile. À la fin, à la maison de retraite, elle s'était fait plein de copines. À la fin elle n'entendait plus bien, elle n'entendait que ce qui l'arrangeait, son gendre pestait. Mon père, lui, ne l'écoutait pas, ils ne se parlaient pas, je ne revois pas leur relation. À la fin elle avait une excellente vue. Elle ne porta jamais de lunettes. Elle avait deux beaux yeux bleus, clairs. Dont mon père a hérité. C'est son seul héritage, ça et deux cuillers, deux assiettes, il en est très fier, ça l'amuse. Chez lui, j'aperçois la photo de ses parents. Sur l'étagère, encadrée, il a gardé ça. Il les aimait quand même.

Mon grand-père de B. fume sur la photo, d'un air dégagé, même en photo il a l'air timide, mal à l'aise. Elle, sur une autre photo, elle a sa bonne bouille. Lui, il fume, il est pris en photo, on lui a certainement demandé d'avoir l'air naturel. Pas facile. Avec sa timidité. Il était intelligent, mais il ne passait pas les concours des douaniers. Il aidait ses copains qui ensuite avaient un meilleur poste que lui.

Sa femme n'était pas contente. Elle l'envoyait chercher une bouteille à la cave, quelque chose dans l'appentis, elle lui demande d'y retourner, deux fois, trois fois, il obtempère. Il était réduit au silence, dit ma mère.

Mémé était toujours de bonne humeur, toujours gaie. Mais froide. Pas pour nous, les enfants. Nous, nous avions le meilleur. Nous avons eu ce meilleur-là, pendant quelques années, pour adoucir la brûlure. Nous, nous n'étions pas brûlés, simplement aimés. Mes parents n'ont pas été brûlés, ils ne se sont jamais plaints. Je ne revois aucune difficulté entre eux, de leurs parents à eux. Ils visitaient leurs parents comme on rend hommage, chaque été.

Mémé avait une sœur jumelle, née comme elle, le jour de Noël. Sa sœur était douce, très gentille disait ma mère, moi je ne revois que son dentier, éclatant. Elle était restée à la ferme, dans le vallon, avec l'Allemagne derrière. Ma grand-mère s'était élevée de quelques centimètres, elle avait épousé un fonctionnaire.

Qui était mémé, que faisait mémé ? Visage souriant immuable sur les photos. Petite écriture avec billet ou chèque. « Baisers de ta mémé de B. » On donnerait tout pour les revoir.

Pendant la guerre, ils avaient fui la Moselle. Ils avaient trouvé refuge au bord de la Méditerranée, mais ce n'était pas la dolce vita. Ce n'était pas le luxe, le glamour de

Nice. C'est une petite rue au bord d'un canal. C'est à Sète en 1942. Les douanes embauchent, c'est la zone libre. Parenthèse brève, puis retour dans les terres. Dans l'Est. La vie agricole. La neige l'hiver et le cours de la Moselle, où pêcher, la Moselle traverse trois pays, ils vivent entre trois mondes.

C'est comme s'il ne s'était plus rien passé ensuite, comme s'ils n'avaient plus bougé de la Moselle. L'autre jour, avant le confinement, je suis allé aux archives. J'ai été fasciné par la passion des généalogistes. La société de généalogie de Moselle a fait du beau travail. On peut reconstituer les familles par villages. Il suffit de suivre mon nom, et celui de ma grand-mère paternelle, aux consonances lituaniennes. Le petit village au fond du vallon est représenté, il y a quelques noms. La mère de ma grand-mère était allemande. Elle venait de l'autre côté, on passe la colline et c'est bon. La société de généalogie de Moselle a reconstitué les noms, les familles, les villages, du côté allemand et du côté luxembourgeois aussi. Je feuillette, je tourne les pages des cahiers de généalogistes. Je remonte de génération en génération, jusqu'au XIXe siècle, jusqu'à la Révolution. Je fais brassée de noms allemands, germaniques, qui tous se mélangent et se fondent, qui tous se marient et retombent par ici, de l'autre côté de la frontière, du côté français. Un homme m'explique et il a l'accent de là-bas. Du pays de la Nied, du nom d'une petite rivière qui coule par là-bas. Près de B. Le généalogiste me parle comme eux me parlaient, il a leur accent. J'ai trouvé.

Ma recherche est finie. Je pourrais tourner les pages sans fin, compulser les cahiers par village, mais mon origine elle est là, mon passé il est là. Dans cet accent chantant, chez ce septuagénaire. Les noms allemands se mélangent, colorent la langue, les accents. C'était leur monde, entre trois pays. Annexés une fois, deux fois. Mobilisés une fois, deux fois. Occupés, puis libérés. Puis tenir la frontière. Dans ce pays truffé de galeries, hérissé de remparts, dominés par les forts. Désaffectés depuis. Les grandes casernes de Moselle sont vides. Reconverties en logements sociaux.

D'un côté, c'était la mine, et de l'autre les champs. On ne sait ce qui payait le mieux. On cultivait des patates, mon père et ma tante étaient réquisitionnés l'été pour aider aux champs, chez les grands-parents, la grand-mère allemande était méchante, elle leur criait dessus, il fallait travailler plus vite, « *schnell !* », ramasser les patates avant la nuit.

Une chercheuse rencontrée dans le bus qui va aux archives, à Metz, me dit que mes grands-parents parlaient forcément le platt, enfants. Mais ils ne l'ont pas transmis. Je n'avais jamais entendu parler de cette langue qu'on appelle aussi le francique. C'est une langue à part, pas un patois. Nés allemands après la première annexion, ils sont devenus français plus tard. Et ont toujours gardé en eux une part de cet idiome, d'où les étranges tournures de mots de mémé, des mots qu'on comprend quand même, pour dire « ça te plaît ? », ou « je vais te faire des beignets de pommes de terre râpées », ce plat génial. Avec son nom local, que la chercheuse dans le bus comprend, même si, elle, dans sa famille, on appelle ça autrement – les *Gromperekichelcher.*

Ce soir en Moselle, ça sent un peu la bouse de vache, quand on allait chercher le lait à la ferme, on était enveloppés de cette odeur, ça sent un peu la terre, le lait, le fumier, le cul des vaches, le vin naturel, les bouses de vache jonchaient les champs et il ne fallait pas trop s'approcher de ces grosses bêtes, les noir et blanc, les laitières, de toute façon craintives, toujours environnées d'une nuée de mouches. Les grosses bouses de vache constellent le champ, il faut éviter de marcher dessus, la croûte est sèche, d'un brun pâle, terne, les grosses normandes ont fui à mon approche. Ça, c'était avant. Quand on courait dans les champs et qu'on faisait pleine brassée de graminées, de fleurs des champs, pour offrir à maman, « oh comme c'est joli ce bouquet », en sortant du champ on se prenait le jus, une bonne décharge de courant, on n'a pas fait gaffe, pourtant là où il y a beaucoup de courant ça crépite, paf paf paf, il faut passer par-dessus ou par en dessous, d'abord on est trop petit on passe par-dessous, après faut ramper, ensuite on enjambe élégamment. Ça et les chiens détachés, l'angoisse de la campagne. La main qu'on laisse traîner négligemment et qui se prend le courant. C'était dans les Vosges autant qu'en Moselle, autant que dans le Sud-Ouest, autant qu'ici. Certaines choses ne changent pas. Il y a toujours des vaches et du courant dans les clôtures, et des bouses de vache, et des chiens détachés. Mes grands-parents n'avaient pas d'animaux, ni de ferme, juste un bout de jardin. Ils avaient de vrais métiers, ils avaient échappé à la pauvreté, à la douleur de la mine, à la rudesse des champs. Des métiers différents, modernes, au milieu du XXe siècle, même s'il y avait encore les anciens métiers, de tout temps, les plus vieux du monde, depuis l'âge de fer, depuis qu'on cultive la terre. Les vrais de vrais métiers.

Nous on courait comme des fous dans les champs, on ne voit pas la nuit tomber, avec mon frère et mon cousin, la micheline passe dans la vallée, on est toujours dans les Vosges, on n'en sort pas, l'été est long à passer, il est interminable, c'est tous les jours la même chose, tous les jours les mêmes, on a les champs ou la forêt, la piscine quand on a de la chance. On court comme des fous dans le champ, on fait peur aux vaches, on a peur des chiens, on se cache, on se poursuit, on se tape, on joue avec les petits Vosgiens qui tous embaucheront ensuite « aux chaussures », la nouvelle industrie locale. Ils ont tous grave l'accent, qu'on prend petit à petit, au fur et à mesure de l'été qui passe. On a un peu l'accent du Sud quand on arrive, l'accent vosgien quand on part. On court dans les champs, c'est trop bien, il y a des bleuets, des pissenlits et des marguerites, des campanules, du cresson, des trèfles à quatre feuilles et de la ciguë très dangereuse, et du sorbier des oiseleurs dangereux aussi. Il y a des orvets et des couleuvres sans danger, sous les grosses pierres ou dans le champ même. Il y a des grenouilles, parfois on mange des cuisses de grenouilles, ça fait partie des festins, avec les truites, les gibiers, les escargots, le lapin que le paysan tue à l'arrière de la maison, qu'il dépiaute, qu'il dénude, et il y a aussi les poulets qu'il faut plumer, on en met partout. On court dans les champs, on évite les grosses bouses quand on court comme des fous, et on s'amuse quand même. Oui quand même. On rentre fourbus par les rues à la nuit. On va se faire gronder. Qu'est-ce qu'on s'en fout, on parle pas encore comme ça, mais des fois, on parle mal, on dit des gros mots, on se fait rembarrer, punir, violenter, on devrait pas parler mal comme ça, et encore moins manger comme des sagouins, être impolis avec les grandes personnes. Ah les grandes personnes. Haha. Jamais on ne deviendra des grandes personnes, ça paraît si loin, interminable comme l'été.

7.

En Moselle, ici, en ce moment, il y a des orties partout, des feuilles mortes par terre, des arbres hauts et des forêts profondes, il y a des orties que mon nouvel ami Grégoire rêve de ramasser, avec sa copine Blandine ils font des soupes aux orties, délicieuses, ils en sont fous, l'autre jour on a fait du vélo, on a longé ces immenses champs d'orties qu'il rêvait de cueillir, Grégoire, qui est d'ici, vraiment d'ici.

Je revois ma grand-mère, celle des Vosges, marcher résolument dans les orties, elle marche, elle y va, ça fouette le sang, c'est bon pour l'arthrose. Je la vois entrer dans le buisson d'orties, l'amas de ces plantes vivaces, elle serre les dents, tant pis pour la douleur, elle sait que c'est bon pour la santé, elle ne l'a pas trouvé sur Internet, elle n'a pas demandé à Google, on conseille de marcher dans les orties pour stimuler la circulation sanguine. Faisait-elle des soupes d'orties ? Je ne crois pas. Les orties ne servaient qu'à ses rhumatismes.

Avec Grégoire, on passe la main dans les orties pour voir la sensation que ça fait, pour retrouver le picotement, l'ecchymose rouge et blanche, la décharge électrique, on ne sait pas comment elles piquent, elles n'ont pas de piquants mais elles piquent.

Après être passée dans les orties, mami fait le tour du potager. Au fond, près des grilles, il y a les framboisiers. Quand j'embrasse mami, c'est comme une framboise, c'est poilu et ça pique un peu, mais c'est si doux. Et savoureux. Mami cueille une salade pour le repas, une ou deux sont montées en graine. Elle a ramassé des haricots aussi, on l'aide à couper le petit bout de chaque côté, quand on sera dans sa cuisine elle nous donnera ça à faire, on a l'impression d'être très utiles. Elle fait le tour du potager et puis elle remonte tout doucement à l'étage, cet escalier très raide qu'elle a de plus en plus de mal à monter, à cause de l'arthrose. Nous, on n'est pas concernés par ça, on courra toute la vie. On joue dehors, on se poursuit tout autour de la maison, on fait du vélo avec les vélos pourris et parfois on part en excursion dans la vallée, il y a des villages à quelques kilomètres qui paraissent hyperloin, pour le goûter, c'est pain et carrés de chocolat, de l'eau aussi. Ou de la grenadine préparée par mami. Ces souvenirs sucrés.

Ici, en Moselle, on longe les champs d'orties et Grégoire rentre chez lui.

Tout près, dans la forêt, il y a un mausolée, un monument à Bismarck. Avec Grégoire, on en a fait le tour, tout à l'heure.

C'est un peu devenu un lieu de drague par ici. Un homme attendait seul.

On a marché et on a levé la tête, on a examiné.

Le monument est tout tagué. Le visage de Bismarck a

été dégradé, détérioré. Après 1918, quand la Moselle est redevenue française, Bismarck a été défiguré, on distingue encore son col militaire, la forme de son crâne. Le monument édifié en 1902 demeure au cœur de la forêt, comme une ruine d'Hubert Robert, un but de balade.

Nous avons quitté la forêt, Grégoire est rentré chez lui, il n'a pas ramassé d'orties cette fois-ci.

Je rentre aussi chez moi, dans la maison, chez les deux vieilles personnes.

Tout près d'ici, de mon lieu de résidence, se trouve le musée de la Guerre de 1870 et de l'Annexion. J'ai eu le temps de le visiter. Avant d'être confiné. C'est quand la Moselle est devenue allemande pour la première fois. « Tes grands-parents sont nés allemands », dit mon père. Tout près d'ici, il y a ce musée, qui raconte le premier affrontement. Et les milliers de morts, à Gravelotte, ça tombe comme à Gravelotte, comme on dit.

Je n'ai pas de souvenirs avec mes grands-parents mosellans, j'ai beau chercher, je n'en trouve pas. Les Vosges prennent toute la place. La ligne bleue des Vosges se profile à l'horizon, derrière les éoliennes, les contreforts dont j'oublie le nom, les coteaux de Moselle, après Nancy, là-bas, il paraît que parfois on les voit : les Vosges.

Aujourd'hui, au XXIe siècle, les Messins se mettent au vert dans les Vosges, c'est devenu la région tendance, écologique, le poumon vert de la région. Ils partent tous en week-end au lac de Gérardmer, et puis ils reviennent par ici conduire leurs grosses voitures, creuser des piscines dans leurs villas. De ce côté-là de Metz, du moins. Je ne suis pas allé de l'autre côté, dans les cités de Woippy et de Borny.

Je chercherais en vain, je chercherai toujours, je vois pépé et mémé immobiles, dans leur cité des Douanes, avec le train qui passe à l'arrière. Ils ne reçoivent personne. Leurs frères et sœurs vivent non loin, dans d'autres villages. Thèves, c'est se taire. C'est le silence de mon grand-père. Et le mystère de son père mort.

Leur fille a épousé un Alsacien, de l'autre côté, c'est un pays prospère, ma tante vit là-bas depuis toujours, de l'autre côté c'est une route toute droite et puis il faut passer Saverne, l'Alsace bossue, la Moselle-est et on arrive. Soudain tout est horizontal, c'est la plaine lumineuse, les villages à colombages, les fleurs partout, aux balcons, la bonne chère et le culte du travail. Soudain c'est l'Alsace, ils y faisaient de fréquentes visites, la dernière fois que j'ai vu ma grand-mère c'était là-bas, chez ma tante, près de Strasbourg. Ma grand-mère fait semblant de ne pas entendre ce que lui dit son gendre. Elle rigole.

Pour les Lorrains, la terre promise, c'était l'Alsace. Strasbourg, les années soixante dynamiques, la ville de ma naissance, les années soixante-dix encore traditionnelles avec les tartes flambées à volonté dans les winstubs, les escargots ramassés au bord de l'Ill et les cigognes dans les clochers. Les grands froids. La tonne de neige. Le bon vin blanc et la bonne choucroute. L'accent si particulier. La richesse, face à la Lorraine pauvre, le monde qui change, une fois qu'on a passé le col de Bussang, ou la trouée de Saverne, que la lumière soit. Les noms des villages et le nom de la bière. Mutzig. Schutzenberger. Les grandes fortunes alsaciennes fondées sur le négoce ou dans la banque. Dans l'industrie. La cathédrale de Strasbourg qu'on voyait au loin dans la plaine, si fine, un coup de crayon dans l'azur. La gare centrale avant le tramway, mon père qui vient nous chercher en coup de vent, les Vosges traversées toute la matinée par le petit train, les vallées mortifiées, et soudain la ville. La joliesse partout. La Petite France, l'eau, les ponts, le grès rouge et la cathédrale somptueuse. La lumière est différente, elle vient de partout, c'est tout plat. C'est à la fois banal et beau. Ce n'est pas étouffant comme les Vosges, pas déprimant comme la Moselle. Tout a commencé là.

Mes grands-parents rendaient visite à leurs enfants – ils étaient un peu intimidés par l'Alsace. C'était le grand antagonisme. Entre Lorrains et Alsaciens. Ils n'étaient jamais trop venus par ici, ils étaient restés dans leur bled. C'est quand mes parents vivaient à Strasbourg. Si proches de la Lorraine. Avant de s'en aller vivre ailleurs. Beaucoup plus loin.

Les souvenirs, je les imagine, les photos nous aident toujours, et les noms de lieux, la rue des Bateliers à Strasbourg quand mes parents étaient jeunes, la rue Jacques-Kablé ensuite, la place Kléber pleine de bagnoles, les tournées dans les winstubs.

*
* *

Ici, de l'autre côté, en Moselle, on trouve des éclats d'obus dans les champs et des obus entiers dans le jardin. On retrouve la Moselle pauvre. On retrouve la forêt qui a poussé sur le mont Saint-Quentin, aux portes de Metz, et la vigne moins fière qu'en Alsace. À l'ouest, c'est le TGV pour Paris.

En une heure et demie on est de l'autre côté, on retrouve la grande ville, la vraie. Celle qui était si loin avant. Quand on prenait le train Corail, et un bon bouquin pour le trajet.

En une heure et demie, on quitte la Moselle. On retrouve Paris. Pour l'instant, j'ai oublié Paris.

*
* *

Parfois, enfants, dans les Vosges, nous rendions visite à la tante qui n'avait pas d'enfant. Son usine était fermée depuis longtemps.

On ne voyait que la tristesse. Le sol lustré, la maison

impeccable, trop grande. Cette femme seule dans sa cuisine, dans le séjour, le visage qui tremble. Mes parents lui parlent. Nous, on se perd dans le jardin, dans le labyrinthe de verdure parfaitement taillé, comme dans le film *Shining*. La grand-tante est seule dans sa villa. La demeure n'a pas bougé depuis les années soixante, triomphantes. Elle est dans le style de ces années-là, c'est comme dans *Mon Oncle* de Jacques Tati, un modernisme daté, coincé, raide, beaucoup d'encaustique et des sols sur lesquels on glisse, en chaussettes. On se poursuit encore tout autour de la maison, cette autre maison. Ma grand-tante organisait de fabuleux Noëls, dit-on. Elle gâtait ses nièces. C'étaient des cadeaux magiques. Parfois, ma mère devait passer une semaine chez elle et c'était la mort. Malgré sa gentillesse. Et son argent. Une femme tellement sérieuse. On ressent tout ça nous aussi, le sérieux, l'autorité, l'esprit d'entreprise ont échoué là. Dans ce salon à la tombée du jour. La solitude de cette femme me terrifie. Au bout d'une heure, peut-être, mais ça semble plus, nous quittons cette dame, la tante Gabrielle.

Nous la laissons dans sa grande maison des environs de la ville, cette ville où il y a la piscine municipale où nous adorons aller. Nous repartons au village des grands-parents, là où tout se joue.

Les Vosges étouffent la Moselle, gagnent la *battle*. Le côté paternel ploie sous le maternel.

De la Moselle, je ne me souviens que du trajet, de la longue route droite après Metz qui file à travers champs, et je me souviens aussi du retour, c'est un mouvement, il faut aller voir ces grands-parents, mais pas longtemps. Ma grand-mère était très croyante, mais nous on n'y croyait pas. Elle nous offrait une médaille de la Vierge miraculeuse en laiton doré qu'elle devait recevoir chaque année avec l'abonnement au magazine chrétien *Le Pèlerin*, auquel elle nous avait abonnés aussi, qui atterrissait chez nous mais que mes parents ne regardaient même pas. Pendant un an, deux ans, ce magazine arrivait, intact dans son emballage ou suspect avec ses couleurs fades. De toute façon on n'a pas la télé, ça ne sert même pas pour le programme télé. Avec ses pèlerinages à Lourdes, toute seule, sans son mari, et ses médailles miraculeuses, qu'elle est bizarre cette grand-mère. C'est sa grande passion, la Vierge, mais mémé n'est pas bigote, ni coincée, ni traditionnelle, non, c'est juste son truc. Il n'y a qu'elle qui croit, pas son mari. Ni ses enfants bien sûr. D'où elle prend ça, je ne sais pas. Mémé ressemble à Marthe Villalonga, qui n'est « ni juive, ni mère », comme le dit l'actrice en interview. Pourtant, mémé est mère. Mais juive, on ne sait pas, on dirait que oui. Mais je n'ai aucune preuve. Comment décrire quelque chose qu'on ressent, qu'on ne peut pas décrire ? En attendant, les médailles de la Vierge miraculeuse continuent à circuler, avec le petit billet parfois, et les petites lettres tracées au Bic, pour les anniversaires ou à Noël. « Ta mémé de B. » Tellement mignonne.

8.

Le temps est gris en Moselle aujourd'hui, il n'y a plus de grues cendrées qui passent au-dessus du bleu, dans le bleu, il n'y a plus ce cri avertisseur, on ne lève plus la tête, on n'a plus envie d'être un oiseau. Le gris noie tout, la brume est là. Le brouillard est magnifique. De petites toiles d'araignées, qu'on dirait de rosée, se sont formées dans la grille du portail, de délicates étoiles d'argent, elles ressemblent aux fils de la Vierge que l'on voit parfois dans les prés en automne. Y en a-t-il en Moselle ?

Autrefois, les douanes balisaient le paysage et le père de mon père faisait son office, *Zoll*/Douane, on ralentissait un peu et on passait en règle, des marchandises de contrebande dans le coffre. Autrefois, la douane était des trois côtés, du côté de Schengen[1], du côté de Perl[2] et du côté d'Apach[3]. La rivière Moselle passe tranquillement là. Mon père enfant pêche le goujon, l'ablette, la tanche. En face, c'est le Luxembourg. De l'autre côté, l'Allemagne.

---

[1] Au Luxembourg.

[2] En Allemagne.

[3] En France.

Ce n'est pas encore l'Europe unie mais presque. Robert Schuman a mis sur pied la Communauté européenne du charbon et de l'acier, il a sa maison dans le village où je vis, près de Metz. L'Europe n'est pas encore unie, elle se guérit à peine des blessures de la guerre, la Sarre est sous administration française. « Le charbon et l'acier, on va les gérer ensemble », dit Schuman l'Européen. Ils sont profondément européens dans cette région, ils ont été envahis trois fois, et tant de fois avant. Mon père pêche tranquillement en face de Schengen, mon grand-père sillonne les routes mais il ne doit pas y avoir grand-chose à surveiller.

C'est les années soixante, bientôt. On a construit cette cité des Douanes fonctionnelle à B., trois pièces cuisine, idéal pour une petite famille, avec le train derrière, mais qui ne s'arrête pas, on ira à pied au village. Mon père vivra à l'internat, ma tante quitte déjà le foyer, elle émigre en Alsace.

Aujourd'hui, il fait gris en Moselle, le soleil ne se montre pas et on peut se faire contrôler à chaque occasion, il n'y a plus de douanes, plus de frontières, mais de nouvelles restrictions. « La peur du gendarme resurgit à chaque époque », dit mon ami Grégoire qui n'avait pas son attestation en poche, l'autre jour. Lui travaille au Luxembourg, dans ce pays étrange, il dit qu'il ne pourrait y devenir ami avec personne, il y a beaucoup d'expatriés, des gens de la finance. Mais je ne peux pas vérifier.

Mon grand-père a son petit képi, son uniforme kaki et toujours le même air étonné. Il continue à se taire, sa femme parle pour deux.

Fils de mineur, promu douanier, il a trente-cinq ans alors, une femme et deux enfants. Je n'en sais pas plus.

La seule chose sur laquelle je puisse m'appuyer, ce sont les paroles de mon père.

« Quand nous nous sommes mariés, ta mère et moi, mon père nous a dit : "Mes enfants, soyez aussi honnêtes que je l'ai été pendant toute ma vie." »

« Il ne passait pas les concours, mais il aidait ses copains à les passer. Et après ses copains avaient de l'avancement. »

« Il avait dû travailler jeune pour nourrir sa famille, son père était mort à la mine. » (Pourtant, mon grand-père n'était pas l'aîné, et il avait déjà dix-sept ans quand son père est mort ; il n'avait pas à « nourrir » sa famille, mais à se sauver lui.)

« Il ne voulait pas travailler pour les Allemands, en tant que fonctionnaire il y aurait été obligé, alors il a fui en 1940. »

« À Sète, ils surveillaient les bateaux de marchandises, les cargaisons qui arrivaient d'Afrique. »

À partir de là, je dois inventer.

« Mon père ne me parlait pas, mais il m'a fait confiance. Mon père était intelligent mais trop modeste. Mon père était scrupuleux, honnête et bon. Mon père m'a laissé libre, il avait épousé une maîtresse femme, je suis parti vite de la maison, j'en avais marre. Je n'étais pas là quand il est mort. Je ne suis pas allé à son enterrement. Je n'ai pas pleuré.

Ma sœur était très proche de lui, pas moi. Il était intelligent mais il ne lisait pas, personne ne lisait à la maison. Ils étaient six frères et sœurs de son côté, autant chez ma mère. Ma mère avait épousé un douanier, c'était un bon parti pour l'époque. Il lisait son journal près de la fenêtre et fumait des Gauloises, des brunes je crois. On s'est mariés à l'église avec ta mère, c'est pour mémé qu'on a fait ça, mon père ça lui était égal. Mon père avait cinq frères et sœurs, l'un de mes cousins était maire du village à côté, réélu six fois. Mon père n'élevait jamais la voix, mais quand il n'était pas content, ça se voyait » (comme tout le monde je crois). Je dois inventer. Je dois inventer mon père parlant du sien, les paroles de son père à lui dites, je dois inventer mon grand-père parce que je ne le connais pas. Ce n'est qu'une image.

Je ne l'entends pas.

On voudrait tellement les ressusciter, et les interroger.

On fouille dans les boîtes à chaussures, parmi les photos de famille amalgamées, en tas. On interroge les enfants, les cousins, les petits-enfants. Mais pas assez. Je ne suis pas assez scrupuleux. Je n'ai pas mené une vraie recherche. Je dois me contenter des mêmes phrases, répétées, les formules qu'on se passe, d'année en année, les mêmes expressions consacrées, une phrase égale une vie, quelques mots pour dessiner un homme, une époque, quelques phrases qui reviennent tout le temps. Et sinon, j'imagine. Je mélange le faux et le vrai.

Mon grand-père n'était pas croyant. Il cultivait des patates et des salades au fond du jardin. Il n'avait pas de voiture. Il portait toujours le même complet, élégant. C'est une époque où on s'habillait encore, avec la veste, le pantalon qui tombe droit, la chemise blanche. Le dimanche et les autres jours. Rester digne. Propre. Présentable.

Les souvenirs sont si pauvres. La mémoire, comme la terre, comme la mine à la fin, la minette de Lorraine, ne donne rien, de pauvres émotions, des idées qu'il faut compléter, des phrases trouées, un territoire buté, fermé, des noms de lieux, des noms de famille, des registres de naissances, de mariages et de morts dans les livres de généalogistes. Un climat. Un accent. Une terre mouillée. Pleine de brume. Un lieu où le soleil ne brille pas, ou alors doucement, ou alors en été quand il fallait aider aux champs. Une immense familiarité. Avec ces noms. Ces gens.

Une carte avec les noms qu'on reconnaît, les noms des différents villages, connus enfants, où nous allions parfois voir les cousins, que nous traversions, que nous laissions loin là-bas au bout de la pancarte, comme des promesses, des idées, les titres de livres que nous ne lirions pas.

Pépé, mémé, de là-bas.

J'aime imaginer mon père parler de son père, comme ma mère parler de sa mère. Je ferai ma mère après.

Je continue sur mon père un peu.

« Je ne lui posais jamais aucune question, et lui ne me parlait pas. Je ne parlais qu'à ma mère. Je suis parti à l'internat très jeune. Je les voyais aux vacances. Il m'a félicité pour mon brevet, et pour mon bac m'a donné dix francs. Des anciens francs ? Le nouveau franc vient d'entrer en vigueur, 1960, je m'inscris en lettres, mais ensuite je ferai commerce. Je fais mon service militaire, je me mets à fumer, pour gagner ma vie je suis pion, ou je donne des cours d'anglais. Je vis à Strasbourg chez ma sœur, je fais ma vie. » Là, mon père commence à parler de lui. Son père a disparu. Il devient de plus en plus petit dans l'image. « Quand j'étais interne, quand j'étais à la fac, je rentrais les voir à B. Je dormais bien dans ce grand lit, dans ce lit où vous avez dormi petits. Mon père travaillait encore, il était assis toute la journée dans sa guérite, parfois ils faisaient des missions en

Allemagne, parfois ils s'entendaient avec ceux d'en face, se livraient à de petits trafics. » Honnête, tu parles. J'invente. Je complète un récit absent. Je fictionne. Mais dans cette fiction il y a toujours un peu de vrai. Tout est vrai. Finalement. Je ne demande qu'à être démenti. Par le premier intéressé. Mon père. Pour qu'il me parle un peu de son père.

9.

Dans les Vosges, c'était pas la même histoire.

Mon arrière-grand-père le sabotier, on l'appelait « le petit préfet ».

Je fais parler ma mère de lui. « Grand-papa m'intimidait énormément. Quand je lui ai dit que je voulais être prof de gym il m'a dit : "C'est pas un métier, ça." Il était d'une beauté, d'une classe, d'une élégance folle. Malgré son métier modeste. Grand et mince, se tenant très droit. Il vivait dans la petite maison au bout du village, tu l'as pas connue ? Ma grand-mère aussi, je la revois, une femme bonne, douce, morte jeune. Très brune. On est très bruns dans la famille, mats de peau. Grand-papa s'intéressait à tout, il lisait, il était comme le héros de Walden dans la forêt. Avec sa cabane en rondins. Ils avaient eu un revers de fortune dans cette famille, c'est ce qu'on disait. »

Ma mère parle de son grand-père, il n'est pas mort à la mine, lui, mais à quatre-vingt-huit ans, comme le chiffre du département. Il se baignait dans la Moselle, dans l'eau glacée, ce n'est pas encore le département de la

Moselle là-bas, mais la rivière y coule déjà, toute petite, elle arrive de la montagne.

« Dans cette famille, ils étaient tous entreprenants, ma tante faisait tourner sa fabrique avec son mari volage, il s'occupait du commercial et elle, elle dirigeait l'usine. Il sillonnait les Vosges, pour vendre les créations. Je la revois, elle, dans l'atelier. Je revois les couturières. Lui, il n'était jamais là. Mon père et sa sœur s'entendaient bien. Mon père aussi avait la bosse du commerce. Il avait lancé le cinéma dans la rue principale, je voyais tous les films américains. Mais je devais vendre des esquimaux à l'entracte. »

Entracte, pause.

Et du côté de ta mère, maman ?

*
* *

Aujourd'hui, c'est novembre, le gris s'étend sur les vallées de Moselle, sur cette eau qui coule depuis toujours, depuis mon enfance, de là-bas jusqu'ici.

Je crois que les hommes arrivaient à attraper les truites à la main, dans les Vosges, ils se mettaient debout dans le ruisseau, et tchac ! le poisson était pris.

On se mettait debout dans le ruisseau, on avait de l'eau jusqu'aux mollets, pas plus.

Ici, aux abords de Metz, la Moselle est large et grise, elle forme quantité d'étangs, d'îlots, de canaux, de bras secondaires, on est parfois comme dans un paysage de Sologne, de polders, de marécages.

C'est de plus en plus gris, de plus en plus humide. La Moselle coule toujours, elle est née là-bas, il y a longtemps, au col de Bussang, enfants on goûtait l'eau de sa source.

Je voudrais tant revoir mes grands-parents, mais je crois que c'est une pensée banale, qu'est-ce que ce serait génial.

Les usines textiles s'étaient établies dans la vallée de la Moselle, elles avaient besoin d'eau pour fonctionner. Dans ma famille, personne n'y travailla.

Surtout pas mon grand-père, qui avait créé son commerce, qui avait construit sa villa, pillée par les Allemands à la Libération. Ma grand-mère a retrouvé ses habits, sa lingerie dans le pré d'à côté. Mon grand-père a écrit aux Américains pour récupérer sa voiture. C'est ce qu'on dit. C'est la légende. Les légendes familiales circulent par la voix des parents, est-ce que c'est vrai tout ça ? « Ton grand-père a écrit au Président américain… et il a fini par récupérer sa voiture ! Oui, je crois que c'était au Président Truman. Oui, c'est ça. Les soldats américains, je les revois. Ils nous offraient des chewing-gums, papi les a photographiés dans le village, sur leur Jeep. On s'était cachés dans une ferme en haut du village, au moment des bombardements tout le monde descendait à la cave. Je vois encore les gens prier. Ma mère n'avait pas peur. Les gens prient et puis tout le monde remonte, et puis encore une alerte. À la Libération, il y a eu des combats. Quand on est redescendus, la villa avait été dévalisée, tout le linge de mami était dans le champ. Et les Américains sont arrivés. C'était dans l'ancienne maison, on vivait là. Mes terreurs viennent de là, je crois, mes peurs viennent de la guerre. De ces bombardements, de cette ferme où l'on se cachait. De la cave où l'on descendait à chaque alerte, au milieu des munsters. Avec les gens qui prient. Je les revois, les munsters. Et les femmes et les enfants cachés, à l'abri pendant les bombardements, non je ne parle pas d'enfants juifs cachés, juste de nous, cachés, protégés pendant que sonne l'alerte. » Maman, tu parles, j'invente, je reconstitue. « Et où était ton père ? » « Oh, ça, je ne sais pas. Caché aussi, certainement. Mais où. »

En tout cas il a réussi à récupérer sa voiture. Et la vie continua, et tout recommença comme avant. Un nouvel enfant était né, pour fêter la victoire, ma tante naquit, le village français était libéré. Les Allemands étaient partis. La vie vosgienne reprenait son cours, avec les usines, les travaux des champs, les sapins dans les forêts, l'exploitation du bois et l'affinage des munsters. Il n'y a pas d'héroïsme dans cette vie-là, ni dans les Vosges ni en Moselle, pas de faits de collaboration, ni de Résistance, pas de Justes parmi les nations, en tout cas pas que je sache. Juste la France en guerre, qui subit, comme on subit tous ces événements. En s'arrangeant.

Après, la vie reprend, mon oncle quitte le village, il a dix-huit ans maintenant, il s'engage, il fait l'Indochine, d'autres guerres commencent, d'autres territoires, mon oncle quitte son père, « parce qu'il ne le supporte plus, tu comprends il était né hors mariage, avec son père ça n'a jamais été facile, son père était si exigeant, et lui, mon frère » – mon oncle si vous suivez – « il n'aime pas trop l'école alors avec papi c'est difficile, papi trouvait que ses filles travaillaient très bien à l'école, tout marchait très bien, il n'avait pas à se plaindre, mais avec son fils c'était une autre histoire, alors mon frère dès qu'il a pu il est parti », dit ma mère. Même si je déforme toujours un peu.

« On a toujours sa correspondance, ses lettres d'Indochine, tu veux les lire ? »

Restons sur la Lorraine. Le petit village vosgien reprend sa vie quotidienne, blotti au fond de la vallée. Mon village à l'heure allemande, ce n'est plus qu'un souvenir. Il faudra des années, bien sûr, et bien des armistices. En Moselle, on redevient français, mes grands-parents mosellans sont rentrés. « Encore un que les Boches n'auront pas », on dit parfois. J'entends encore ça, parfois. Je l'entendais enfant, il y avait ce souvenir-là.

10.

« Encore un que les Boches n'auront pas », on le disait surtout dans les Vosges, je crois : là-bas on était plus loin de l'Allemagne, ils étaient de l'autre côté des montagnes, les Boches, ils avaient toute la plaine d'Alsace à traverser.

En Moselle, on ne parlait pas des Allemands, on ne les insultait pas, les familles étaient mélangées. *Die Deutschen* n'avaient qu'à traverser le champ, et faire des enfants. Les Mosellans parlent une langue qui ressemblait à l'allemand, le platt, une langue qui ressemble au luxembourgeois, « le pire du français et le pire de l'allemand », dit mon ami Grégoire. Ce n'est pas cette langue noble, germanique, structurée, gothique, ce n'est pas le français pur d'Anjou.

Dans la langue de mes parents, il y a des mots allemands, « au *schlof* » (au lit), Münster ça veut dire cathédrale en allemand, *natürlich* (naturellement), il y a des mots qui se baladent, qui passent en fraude, *sehr gut* (très bien).

En Moselle, l'Allemagne est là, elle est venue et repartie, elle est de l'autre côté du champ.

*
* *

Aujourd'hui, j'ai envie de rester dans les Vosges, de m'éloigner de la Moselle grise, le soleil a disparu, on ne sait pas s'il reviendra un jour, on n'a plus envie de faire des balades dans la forêt d'automne.

Enfant, le soleil se couchait derrière la montagne, dans les vallées vosgiennes, il faisait nuit bien trop tôt, même en été. Les sapins hauts comme des hallebardes montaient la garde, ils étaient ravagés par les pluies acides, disait-on, certains avaient perdu leur verdeur, leur verdure, comme dans la chanson *Mon beau sapin*, « que j'aime ta verdure ». Ils étaient malades. Et nous aussi on était malades en voiture, dans les lacets, avant d'arriver au village, en Haute-Saône, avant de piquer vers les Vosges, et de s'y établir pour ces longues semaines. Les sapins étaient malades, on dirait une arête de sardine, leur tronc droit, sec, et leurs branches nues, ces arbres qu'on disait persistants étaient devenus de véritables squelettes, comme des sculptures expressionnistes, effrayants, comme brûlés par la guerre, par l'atome. On disait que c'étaient les pluies acides, qui ravageaient la forêt. On avait déjà le souci de la nature, de l'extinction globale. On ne savait pas très bien d'où venaient ces pluies, que l'on veut douces et qui tombaient acides. Ça aussi, ça venait de l'Allemagne, bien sûr, de la Ruhr, de la pollution.

J'ai envie de rester dans les Vosges, aujourd'hui. Et de me rappeler mes grands-parents, simplement.

Mon grand-père, jeune homme, faisait de longues balades en forêt avec son ami Jean, si brillant, alors oui vraiment, tellement artiste.

Jean venait d'écrire un livre, il était le petit protégé de Cocteau et faisait de fréquents voyages à Paris.

Mon grand-père et lui étaient très proches.

Ils faisaient de longues balades en forêt – qui sait ce qu'il se passait, est-ce qu'ils s'aimaient ?

« Tu sais bien, dit ma mère, c'était le chéri de ton grand-père, son grand ami ! Jean proposait souvent à papi de le rejoindre à Paris, mais je crois que papi, ça lui faisait peur. Il était homosexuel bien sûr, Jean, et je crois qu'il était amoureux de papi. Le petit protégé de Cocteau, je l'ai son livre, je l'ai ici. »

Jean avait été torturé par les Allemands, Jean avait été résistant, Jean n'avait pas parlé rue Lauriston.

Avant-guerre, il avait joué dans *Le Sang d'un poète* de Cocteau.

C'était le meilleur ami de mon grand-père, à qui il offre

une dédicace brûlante, en souvenir de leurs longues balades sous les sapins.

J'ai toujours entendu parler de lui, et je n'ai pas réussi à lire son livre, mais il y a la belle dédicace, le témoignage d'une amitié, qui était peut-être aussi un amour ?

Un amour réciproque ? Je n'ai rien d'autre.

Jean Desbordes.

Écrivain vosgien, compagnon de Cocteau, dit Wikipédia.

Cette dédicace, dans le livre que j'ai chez moi, évoque une autre vie de mon grand-père, peut-être un amour interdit, impossible, ou les avances de Jean que mon grand-père aurait subies ?

« À mon cher ami chéri, qui fait partie de mes plus beaux souvenirs », écrit l'auteur.

*

* *

Je vais lire ce livre *J'adore* de Jean Desbordes que j'ai chez moi, que Cocteau avait tellement aimé, qu'il avait « lancé bruyamment », dit la fiche internet.

« Au royaume des aveugles, les borgnes sont rois », disait toujours mon grand-père. Ça lui va bien.

Dans son village avec sa décapotable, son cheval et ses maisons, il fait le joli cœur. Il s'occupe de la mairie, il fait construire l'école. Il reçoit tout le village dans son atelier, il immortalise naissances et mariages. Mais il n'est pas allé à Paris. Mais il n'est pas devenu homosexuel. Le voulait-il ? Au royaume des aveugles, les borgnes sont rois. Il était roi en son village. Jean était parti vivre à Paris, il devint résistant. Mon grand-père, pendant la guerre, où était-il ? En 1940, puis en 1944, il est caché. Il ne veut pas être mobilisé, en 1940. Il fait un deuxième enfant, on appelle ça « la deuxième réserve », ma mère naît de ça. Enfant utilitaire, pour sauver son père. « Mami disait toujours que son mari lui disait : "Vite, vite", "Mais je ne pouvais pas aller plus vite, tu n'arriverais qu'au bout de neuf mois." » Ma mère naît en juillet 1940. Mon grand-père est sauvé. Il peut revenir au village, régner un peu. En 1944 il est caché aussi, à la Libération, mais arrivera à récupérer sa voiture. Au royaume des aveugles, les borgnes sont rois.

Dans les années cinquante, mon grand-père retourne à Paris. La guerre est passée, Jean est mort, les enfants sont nés.

Ils allaient au Salon de l'auto et chez *Charlot, Roi des Coquillages*. En famille.

Tous les ans.

Puis ils rentraient au village.

Il y a des photos du Salon de l'auto avec les bagnoles rutilantes. Je ne sais pas très bien pourquoi ils allaient au Salon de l'auto. Ça se faisait, à l'époque. Comme aller regarder les avions depuis la jetée d'Orly, manger des fruits de mer servis sur un grand plateau, flâner dans les grands magasins. Gare de l'Est, ils reprenaient le train. Ils seraient au village au bout de quelques heures, des lumières plein les yeux.

Les lumières de la ville. Qui ne sont pas assez puissantes, parfois, pour nous aveugler ou nous entraîner.

Qui brillent au loin, pendant qu'au village, la neige tombe sur les montagnes, sur les toits, et envahit le paysage de blanc. Mon grand-père adorait photographier l'hiver, le givre, le glacé, cela donnait un petit côté suisse à la vallée. Il éditait un livret de cartes postales vosgiennes, qu'il distribuait pour sa promotion ou vendait au magasin, je ne sais pas. Il y a toujours l'église au milieu du village, la montagne derrière, les routes froides, la Moselle prise dans la glace. Parfois, c'est l'été aussi, les marguerites dans les champs, la masse sombre des sapins derrière, les maisons étalées dans la vallée, ça n'a pas beaucoup changé, « ce coin de France est même encore plus vide, plus désert qu'autrefois », dit ma mère, qui y est retournée. Ville morte. Les magasins ont fermé. Les gens font leurs courses en voiture, à l'hypermarché, à quelques kilomètres (où ?). Tout le monde vote Rassemblement national (j'exagère).

Les maisons sont étalées, comme disséminées dans les champs, sous la protection de la croix, cette vigie là-haut, croix de P., terminus de la promenade.

Une vallée vosgienne qui a connu l'agriculture, le rude travail du bois et l'essor du textile. Qui se réinvente en pays vert, en poumon vierge pour citadins en mal d'oxygène, même si des randonneurs, il y en a toujours eu.

Et même des skieurs, vers 1930 : sur ces photos, ma grand-mère s'amuse avec ses camarades, ils ont des luges et des skis, ils dévalent les pentes douces de la montagne, c'est tellement étrange de les voir s'amuser, ces gens. On les imagine sérieux, à la jeunesse volée, industrieux et actifs depuis leur plus jeune âge, obligés de travailler, une bouche de plus à nourrir, il faut tout de suite se mettre à l'ouvrage, ne pas renâcler, abandonner l'école sitôt le certif' obtenu, et vieillir avant l'heure. Mais non, sur ces photos, ils s'amusent ! Ils rient tellement ! Un peu de légèreté, un peu de gaieté quand c'est possible. Des vêtements chauds contre le froid. Et de grands sourires, des visages ouverts. Ils sont toute une bande, ma grand-mère est avec eux, elle n'a pas encore épousé le photographe, ce sont ses amis à elle, la vingtaine à peine. Il neige dans les Vosges, et on s'amuse déjà avec la neige. Amusez-vous ! Profitez ! Vous le méritez.

11.

Dans le jardin de ma grand-mère, dans les Vosges, il y avait des monnaies-du-pape et des glaïeuls, les monnaies-du-pape sont grises, on dirait des pièces d'argent, les glaïeuls ne sont pas toujours en fleurs, ce ne sont plus des plantes à la mode, ça. Ni des fleurs appréciées. Je me promène dans les chemins près de Metz, j'observe les jardins, les arbres fruitiers, les coings ne sont pas tombés, on ne les a pas cueillis. Le temps de la mirabelle est passé, les prunes aussi sont flétries. Les champignons apparaissent, il n'y a pas de girolles comme dans les Vosges. Quand on se promène dans la nature, tous nos souvenirs reviennent. On compare les villes. Mais les jardins sont un appel à nos sens les plus anciens. À hauteur d'herbe, d'insecte, quand on regarde des fourmis se faire bouffer, qu'on oppose deux mantes religieuses dans la garrigue, qu'on s'amuse à ramasser une coccinelle. Et on attend qu'elle s'envole, au bout de notre doigt. Elle sort ses ailes, prend son temps. Puis vole facilement. Les jardins sont une réminiscence de l'enfance. Quand je marche ici, je suis dans les chemins de ma grand-mère, le long des fraisiers, sous le grand tilleul. Des orties, il y en a partout.

« C'était une femme qui aimait son mari, dit ma mère ou ma tante, papi lui donnait son billet pour la semaine. Elle lui repassait ses chemises, elle n'osait pas trop le contredire. Elle n'avait pas le droit de conduire. Nous, avec ma sœur, on avait absolument voulu qu'elle apprenne. Mais après, jamais elle n'aurait osé. » Il y a l'histoire fameuse, celle de l'enfant né hors mariage, du fils reconnu par l'officier de mairie – mon grand-père. Il fait le tour de la table, embrasse ma grand-mère et dit : « C'est mon fils. Nous nous marierons quand j'aurai construit la maison. » L'enfant était né comme ça, d'un coup d'un soir, d'un coup d'un seul. Ils n'étaient pas autonomes, mon grand-père ne voulait pas vivre chez ses beaux-parents. Il construisit la maison et mon oncle, trois ans plus tard, assista au mariage de ses parents. « Mami avait eu besoin d'un cavalier pour aller au bal, papi était son ami d'enfance : "Tu veux bien m'accompagner au bal ?" Il avait dit oui, bien sûr. Et elle était tombée enceinte, à sa grande surprise. Car après le bal, il ne s'était plus rien passé. Mais il avait bien dû se passer quelque chose le soir du bal, non ? Pour elle, c'était la première fois », dit ma mère. Une fois avait suffi.

« Elle ne me disait pas qu'elle m'aimait, ma mère », dit la mienne.

« Sauf à la fin de sa vie. »

Pour nous, à hauteur d'enfant, elle était tout amour.

Elle ne criait pas, n'élevait pas la voix, ne pleurait pas, toujours d'humeur égale, elle marchait et elle appelait son mari quand il était en retard à table – je revois le rituel des repas, mon grand-père toujours en bout de table, il préside. Toujours occupée en cuisine, elle n'a pas le temps de lire, sauf *L'Est républicain* peut-être. Je ne vois pas de mots croisés, pas de mots fléchés. Juste le journal qui traîne sur la table. C'étaient des vies sans culture, sans productions culturelles, sans télévision. Il y avait pourtant les films, américains et français, dans cette salle de cinéma lancée au bout de la rue principale, en association avec le beau-frère.

Il y avait des cinémas dans les villages autrefois. C'était le seul écran. La télé arrivait à peine. Il y avait déjà de magnifiques films en couleur, Martine Carol, et BB qui explosait. Ma mère voulait leur ressembler. Elle voulait être actrice. Elle voulait être Audrey Hepburn, et découpait ses images dans *Cinémonde*. Il y avait déjà Johnny Weissmuller, Cary Grant qui ressemblait à mon grand-père, et James Dean bien sûr. Et Marilyn. Et le jeune Delon. Un peu de France, un peu d'Amérique, les esquimaux à l'entracte.

Ma grand-mère était sur tous les fronts, au cinéma et au magasin, à la cuisine et à s'occuper de ses enfants. Le dimanche, il y avait encore plus de travail. Il y avait du monde à déjeuner. Ils recevaient des clients, de la famille, des gens du village. Le sénateur venait parfois de Paris, couper le ruban, bénir une inauguration. Mon grand-père est sagement debout derrière. « Je le détestais, celui-là, dit ma mère, c'est papi qui se tapait tout le boulot. »

Ce n'était pas une vie sans culture, bien sûr que non, il y a des livres dans leur maison – mais ma grand-mère, je ne la vois jamais lire. Il y avait eu l'instruction, mais à quel âge s'était-elle arrêtée pour elle ? À onze ans ? Pour mon grand-père aussi, je crois. Le maire était venu dans la classe, il avait besoin « d'une tête bien faite », dit ma mère, pour l'aider à la mairie. Alors on lui avait indiqué cet enfant-là, « prenez celui-là, il est intelligent ». L'école s'arrête là, je crois.

Je raconte tout ce que je sais, je ne laisse rien à l'écart.

Mon grand-père s'était formé à la photo, il avait construit un avion en bois avec son frère, la presse locale des années trente s'en est fait l'écho – cet avion qui n'avait jamais volé. La décapotable, le cheval, c'est un peu après. Trente-trois ans, la guerre arrive, il faut faire un deuxième enfant, je n'ai trouvé nulle part mention de cette législation, avoir deux enfants pour être exempté de combats. De toute façon, ils n'ont pas duré longtemps, en 1939-1940, ceux-là.

Ma grand-mère était si mince que mon grand-père pouvait faire le tour de sa taille avec ses deux mains.

*

*   *

Ici, en Moselle, la mine ne m'écrira plus. Il n'y a plus d'informations. Aucune preuve d'un accident mortel, mon arrière-grand-père est peut-être mort subitement, chez lui ? Ils m'envoient juste leur questionnaire de satisfaction, pour savoir s'ils ont bien répondu à mes questions. Pas trop, mais bon. Partiellement.

Ici, en Moselle, la dernière mine a fermé depuis longtemps. Elles sont encore présentes, pourtant, dans l'imaginaire des gens. Le château des Wendel domine la vallée toute proche. Les chevalements ont été conservés, formes verticales symboliques, les mines sont noyées d'eau, on appelle ça l'ennoyage. Ça occasionne des glissements de terrain, cela fragilise le sous-sol. Il y a deux musées, fermés actuellement. Les mineurs, ceux qui, en Moselle, travaillaient le fer, on les appelait les « gueules jaunes ». Comme la pierre de Jaumont, qui donne sa couleur à la cathédrale et aux rues de Metz. Il y avait aussi des « gueules noires », du charbon, mais un peu plus loin, vers Forbach. Il n'y en a plus non plus. Le fer alimentait des hauts-fourneaux à proximité des mines. De là, le bel acier sortait. Coulé, en fusion, comme une lave, il rougeoyait magnifiquement, illuminait les nuits de Lorraine. Les mineurs mouraient de la sidérose et de l'amiante, leurs protections amiantées leur furent fatales, le remède était pire que le mal.

Ici, en Moselle, il n'y a presque plus de souvenirs.

Il y a le souvenir des mines et de la sidérurgie, bien sûr, la mémoire collective. Mais rien qui me soit personnel.

12.

Mon père reprend la parole, « Ma mère avait épousé un douanier, elle avait une excellente vue, des yeux bleus comme moi » – il radote, excusez-moi, qu'est-ce qu'il pourrait dire encore – « si je n'avais pas fait d'études, j'aurais peut-être travaillé à la mine, moi aussi, comme mon grand-père, elles fonctionnaient encore dans les années soixante, j'aurais travaillé à la sidérurgie, comme les parents de tes amis, en Moselle, là, ceux qui sont morts de l'amiante, d'un cancer de la plèvre ; c'étaient des vies dures ; à la place, j'ai préféré fuir. » À nouveau, il parle de lui.

« Mais ton père, papa ? »

« Ils étaient de là-bas, des trois frontières, ça tu le sais, ils parlaient platt avec leurs parents, bien sûr, naturellement. *Natürlich.* Des Juifs, je ne sais pas s'il y en avait, il faudrait demander en Allemagne, il faut écrire à la mairie du village, de l'autre côté de la frontière, je vais leur écrire, il y avait beaucoup de Juifs en Moselle autrefois, en Alsace aussi. Du côté des Thèves, l'un de mes ancêtres était grenadier de Napoléon, sinon c'étaient tous des paysans, ou des mineurs. »

« Mon père ne voulait pas être allemand, ne voulait pas travailler pour les Allemands, en tant que fonctionnaire il aurait été obligé, c'est pas comme ton grand-père, là, dans les Vosges, qui s'est planqué. Mon père a voulu continuer les combats. Sa brigade a été démobilisée en Suisse. Les Suisses l'ont caché, il a vécu tout l'hiver dans une ferme, là-haut, à Zermatt. Certains Suisses voulaient le livrer aux Allemands. Ils l'ont caché car il aidait aux travaux des champs, c'était bien pratique. Il n'était pas caché comme les Juifs, il était dans les champs et tout. Avec le Cervin derrière, oui. Cette superbe montagne, connue dans le monde entier. On a skié là-bas, plus tard, avec ta mère. »

Son odyssée, celle de mon grand-père, est comme celle des acteurs dans les films qui représentent la Seconde Guerre mondiale, on l'imagine pleine d'aventures et d'embûches.

« Il avait un cousin qui travaillait à Sète » – je suis obligé d'inventer, de faire avec ce que j'ai – « il travaillait aux messageries, aux comptoirs de douane. Il l'a rejoint. »

« Je suis né là-bas, j'étais tellement maigre que ma mère me cachait. On me disait rachitique. Ma sœur était déjà là, bien portante. Mais moi, j'avais des carences. »

Sur les photos, on te reconnaît bien, papa, même à deux ans, toujours la même énergie, le même sourire, le même enthousiasme.

« On est repartis dans les Alpes après » – j'invente, j'invente – « mon père surveillait cette fois la frontière suisse, on vivait à Thonon-les-Bains, face au lac Léman, en face c'était la Suisse, j'ai toujours aimé la Suisse. Après, la guerre était terminée. Ils sont rentrés. »

« Tous les cousins étaient du Dreiländereck, toute la famille, au bord de la Moselle. C'est pourquoi je me sens si européen. Nous, les Allemands, on les côtoyait, c'est pas comme l'ami de ta mère, là-bas, dans le Sud, qui n'avait jamais vu d'Allemands. Et qui a été fasciné pendant la guerre, quand il les a vus débarquer avec leurs belles voitures, leurs superbes uniformes impeccables, les bottes bien cirées. Lui, c'était un petit paysan, l'ami de ta mère, dans ses montagnes pyrénéennes, il n'avait jamais vu ça. Une telle perfection, une telle prestance ! Nous, on allait d'un pays à l'autre, on avait toujours été plus ou moins allemands, plus ou moins français. »

Là-bas, près de B., c'est un territoire de champs, c'est la Moselle rurale, les mines sont loin, loin pour l'époque, à une trentaine de kilomètres. Là-bas, c'est un pays vallonné où il faudrait que j'aille, où il faudrait que je retourne.

Enfant, ça me semblait laid. Mais aujourd'hui, ça m'attire.

Le bus met une heure pour se rendre à B. depuis Metz. Avec une attestation professionnelle, c'est faisable.

Il faut ensuite marcher le long de la route, quitter le centre de B., et trouver la cité des Douanes.

Retrouver ses souvenirs, soudain matérialisés.

Avec le fameux changement d'échelle qui réduit considérablement ce qui, pour vous, était un monde. Les lieux que nous revisitons, adultes, après les avoir connus enfants, paraissent toujours plus petits. Ils paraissent toujours resserrés, éteints, comme cristallisés. Ce n'est que ça. Et pourtant, c'était tout, c'était tant, vibrant et infini, sans fin, oui, dans l'espace et le temps, c'était l'enfance.

Je n'y suis pas encore allé, mais j'irai, j'en suis sûr.

Je me souviens de l'odeur de frais de l'escalier, l'odeur ne s'est pas estompée avec le temps, elle nous accompagne toute une vie. L'escalier était ombreux et lisse, bien briqué, deuxième droite, je crois. Il y avait tous les noms italiens ou lorrains, sur les boîtes aux lettres de l'immeuble, dans les conversations de ma grand-mère. Les Theis et les autres – Theis, dont le nom ressemblait au nôtre. On sonne, on entre, on redescend l'escalier, on file jouer dans la cité. L'été, l'escalier est frais, c'est un refuge, le bâtiment est calme, propre, les familles sont chez elles. Le soir, on descend dans la cité, près du parc à ours, les chauves-souris passent. On est assis sur un banc. Ma grand-mère est là, avec mes parents. Nous, on court partout, mon frère et moi. Pourquoi c'est uniquement cette image, ce souvenir, cette sensation qui reste ? Nous devions le faire souvent, nous asseoir là, par les soirs tranquilles de l'été, quand il fait bon, quand il fait doux et que ça sert à rien de rester enfermés.

Ma mère est contente, du moment que son mari est là. Elle apprécie ses beaux-parents. Pépé a de grandes oreilles, un visage ridé, sec, il ressemble un peu à Bertrand Delanoë.

Mémé a le visage rond, elle a l'énergie et la chaleur de Marthe Villalonga, oui, elle pourrait être méridionale, elle a les yeux qui rient tout le temps, elle n'est pas apprêtée – les femmes d'un certain âge, à partir de la soixantaine, en ce temps-là, portent des vêtements de petite dame, de vieille dame, pratiques et ternes, elles sont déjà entrées dans un autre temps. Elles ont toujours leur tablier, à la cuisine, les mains abîmées par le travail. Elles mettent parfois un parfum antique, de l'eau de Cologne ou du sent-bon.

Ce qui est impressionnant, c'est l'oubli. Ce n'est pas la mémoire, les petits souvenirs tissés, les évocations sensorielles, une image figée dans le passé, inoubliable, c'est tout le reste. Tout ce qu'on a oublié. Toutes ces scènes précises, ces conversations autour du plat de résistance le dimanche, ces mots échangés enfants, ces cauchemars la nuit, le jour où on s'était blessé et on avait été, avec un peu de mercurochrome, rafistolé – ou de bleu de méthylène quand on avait de l'impétigo. Ce sont ces repas, ces découvertes, ces insolences, le jour où votre mère s'énerve, où vous allez au lit sans manger, le soir où votre père s'est blessé lui aussi, avec un couteau de la cuisine, ça pisse le sang, la nuit où dans les Vosges, l'incendie s'était déclaré dans le café d'en face et où vous répétiez, ravi, « c'est tout noir », l'après-midi où l'orage a éclaté et on a été surpris en pleine balade, le jour où on a ramené tellement de champignons qu'on en a donné au voisin, l'été de la canicule, celui où mes parents se sont séparés.

Ceux où, avec mon frère et mon cousin, on regardait les grands jouer au billard ou à la belote, rien n'est précis, mais il y a eu tant de choses.

On oublie la voie ferrée et le train noir qui passe, le petit voisin avec qui on essaie de jouer, avec qui nos parents voudraient bien qu'on joue.

On oublie ce qu'on n'aimait pas, le melon et rien d'autre, on aimait tout et on avait des crises de foie, surtout à Noël avec toutes ces bonnes choses, mais aussi l'été quand on a eu les yeux plus gros que le ventre, et que personne n'a essayé de nous décourager, on oublie le biberon qu'on buvait « dans les coussins de mami » – des années après, enfant, on nous rappelait sans cesse cette scène adorable, adorable pour eux, les adultes –, on oublie nos colères d'enfant et comment ma grand-mère savait les apaiser, comment elle disait à mes parents, « laissez-moi faire, je sais comment le prendre », on oublie la colère du grand-père, le regard noir, qu'est-ce qu'on avait fait encore ce jour-là, dans les Vosges.

On oublie le silence du grand-père de B., on le voit toujours à la même place, la sienne, à l'angle de la table. On a oublié comment notre grand-mère cuisinait pendant des heures, se réjouissant de notre visite, mais on n'a pas oublié la recette de son gâteau, 5 4 3 2 2 (cinq cuillérées de farine, quatre de sucre, trois de lait, deux de maïzena et deux œufs), on revoit les recettes écrites à la main patiemment, sur des fiches bristol, et transmises dans la famille, transmises à ma mère. On n'a pas oublié la patience, le sourire, la générosité, on dit souvent que les grands-parents sont des alliés, et c'est vrai. Pour les enfants, ce sont leurs alliés.

Moi non plus je n'ai pas pleuré quand ils sont morts, c'est maintenant que je voudrais les pleurer.

13.

Je ne suis pas encore allé à B., je n'ai pas pris le bus qui conduit là-bas.

La pluie revient, elle balaie le pays, on l'a toujours en dernier, de ce côté-là de la France. Les derniers servis. Les premiers avec la nuit qui tombe.

La nuit tombe de plus en plus tôt, à 5 heures c'est fini, un gros chat passe dans le jardin. Noir et blanc, il me regarde. C'est un chat sauvage, à personne, le poil dru, presque sale. Le regard sérieux. Impérieux. Dans la forêt lorraine, il y avait bien des bêtes autrefois, et aujourd'hui encore.

L'autre jour, j'ai aperçu un renard, son flamboiement roux.

On adorait les bêtes, enfants. On adorait les papillons machaons aux ailes dentelées, comme une traîne. On aimait les paons-du-jour et les paons de nuit. Dans les combles du chalet de mon grand-père, dans sa maison contre la forêt, se cachaient d'immenses papillons de nuit. J'ai envie de me laisser entraîner par la forêt. Je

l'imagine, la nuit tombe, je ne peux pas aller en forêt aujourd'hui, j'ai envie de sentir les arbres, de respirer puissamment leur odeur, de miel et de pluie. Je revois les grands arbres abattus dans les forêts vosgiennes, tels des dieux à terre.

Mon grand-père vosgien connaissait la forêt, son père était sabotier, « tu vas voir de quel bois je me chauffe », disait-il, il connaissait tous les chemins secrets.

Moi, je n'aimais pas particulièrement la forêt.

Je ne marchais pas en forêt avec lui, il ne nous emmenait pas. Âgé déjà, il ne se promenait plus trop.

Les scieries vosgiennes étaient pléthores, on en trouvait dans les forêts, le long d'un chemin carrossable, semblant abandonnées. Comme l'œuvre d'un titan, d'un personnage magique habitant des bois. Ces troncs allongés restaient là, sous la pluie, les uns sur les autres. On viendrait les chercher. Quand ?

Je sais que des Vosges en Moselle, il existe des chemins, on peut traverser le massif et arriver ici.

Des Vosges en Moselle, les uns et les autres avaient dû faire le chemin souvent. Du côté de mon père, ils étaient venus dans la vallée vosgienne pour le mariage des enfants, mariage à l'église, mariage en blanc, c'est la fin des années soixante. Le père de la mariée prend toutes les photos. De part et d'autre, on s'entend bien. On s'épouse au village, avant le voyage de noces des enfants, payé par le grand-père vosgien. Il avait sa cassette, il avait son compte en Suisse, dans l'Est, on avait de l'argent en Suisse. Aller à Bâle était une formalité, j'aimais le zoo de Bâle et les animaux de la savane.

Mes grands-parents mosellans rentrent à B., ils ont la vie sage.

Les années soixante finissent, les années soixante-dix ont donné quoi ? Encore de belles années de vie, en pleine santé, la retraite est là. Elle est enfin arrivée, cette fameuse retraite, pour penser un peu à soi. En Moselle, ma grand-mère s'occupe de sa petite-fille car sa mère ne peut pas s'en occuper. Ma cousine passe du temps avec eux, elle les a bien connus. Je voulais aller la voir à Strasbourg, mais le confinement l'a empêché. Elle est grand-mère, maintenant. Ma cousine est grand-mère. Mes cousines savent des choses de mes grands-parents paternels que j'ignore, elles les connaissent mieux que moi, j'ai envie de leur regard, de leur tendresse pour eux.

Les années soixante-dix sont là, les enfants sont bien grands. Dans les Vosges je suis toujours aussi proche de ma grand-mère et papi me fait réviser mes départements. J'erre dans le jardin parce que je m'ennuie. Je fais le tour de la maison avec le vélo, j'ai enlevé les petites roues. Je monte sur le lion en pierre, décor de photos de mariage, dans le jardin. J'ai peur la nuit, je n'ose pas dormir dans la chambre, sans chauffage, avec les poupées aux yeux pers, les armoires fermées. Dans un tiroir il y a de vieux parfums, *Je reviens* de Worth, et un échantillon de *N° 5*. Quelques bijoux de ma grand-mère. Elle avait un magnifique rubis, je l'ai vu toute ma vie, cet œil rouge et sanglant, joyeux. Mami et son rubis. Plus tard on a su que c'était pas un rubis, juste une pierre colorée. Sans valeur. Du toc.

C'est l'heure, ici, en Lorraine, où les corneilles hurlent en nombre, elles sont des dizaines et des dizaines et se déplacent en groupe. L'autre jour, j'ai entendu la chouette. C'est signe de malheur, paraît-il. J'ai encore peur la nuit.

J'aime ces frissons, j'aime la peur maintenant, l'adrénaline qui vous envahit, le frisson qui, littéralement, glace l'échine, au moindre bruit, quand les pensées s'emballent.

Cette peur est ce qu'il me reste de mon enfance, ce que je vaincs ici, que je retrouve et que je perds.

J'avais peur dans toutes les chambres, j'avais peur dans le chalet contre la forêt et dans la grande maison au centre du village. Je ne voulais pas être seul. J'avais peur de dormir seul. J'entendais, dans le village, les cloches rythmer mon insomnie. J'entendais le tic-tac du vieux réveil me dire des choses, des phrases affreuses. C'est la menace. Elle est là. Dans ces terres froides, dans cet Est lointain, je rêve de quitter la vallée, longtemps je ferai ce rêve récurrent.

J'ai peur des vallées vosgiennes, aux crimes emblématiques, je comprends l'affaire Grégory, comment peut-on vivre dans un lieu aussi laid, dans des vallées si pauvres, en déshérence, sans avoir envie de tuer ? D'envoyer des lettres anonymes ?

Ici, en Moselle, près de Metz, c'est la terre de Francis Heaulme, j'ai marché l'autre jour près du canal, le long de la voie ferrée, on m'a dit que c'était là. Que c'est là qu'il a tué les deux gosses, Cyril Beining et Alexandre Beckrich.

Dans les Vosges, c'était Grégory, le petit garçon largué entravé dans les eaux glacées. Rien de solaire, ici, et pourtant ces crimes semblent bien doux aujourd'hui, bien humains.

Je ne sais pas de quoi j'avais peur.

Quand j'ai trop peur mon grand-père dort avec moi, ma grand-mère me dit que je lui ai volé son mari, elle rit.

Le lendemain, tout va bien, il fait jour, je n'ai plus peur. Les fantômes sont partis.

Mon cousin avait très peur lui aussi, c'était un froussard comme moi, il avait la pétoche on disait, d'autres peurs viendraient plus tard. Existentielles, quand les peurs de l'enfance disparaissent.

La peur du chien féroce attaché au bout d'une laisse, bavant, hurlant, désespéré, prêt à vous dévorer si la chaîne lâche, aussi malheureux que vous. La peur de l'hydrocution si on se baigne trop tôt après avoir mangé, la peur des champignons vénéneux mais qui était une peur rigolote, on avait bien envie de s'empoisonner

– pourtant on ne connaissait pas encore les champis qui donnent des hallus. Et qui font rire. On avait peur souvent, des gamins plus forts que nous, du caïd du quartier, des grands frères de mon ami Stéphane, le petit Vosgien avec qui on fait plein de bêtises. Moi et les autres. « Nous deux papi », comme disait ma grand-mère. « Nous trois, mon frère et mon cousin ». On n'arrive pas vraiment à prendre leurs expressions, à choper l'accent vosgien. Mais oui, la peur me poursuit, l'enfance est environnée de peurs, d'histoires effrayantes. Celle de tomber dans un puits, d'attraper le tétanos si on nettoie mal la plaie, de subir le coup du lapin et d'être paralysé à vie, la peur du noir, qui ne l'est jamais tout à fait, et dans lequel on entrevoit des formes.

Dans l'Est, c'est aussi l'apprentissage de la nuit. Il fait maintenant presque tout à fait nuit.

Il fait nuit, en Lorraine. C'est très silencieux dans la maison où j'écris.

Je resterai encore quelque temps ici.

14.

Le temps ne change pas, il glisse vers décembre, parfois un éclair solaire illumine tout, c'est la trouée. Et le gris revient.

En Moselle, à la fin des années quatre-vingt, mes grands-parents avaient de plus en plus de mal. À être autonomes. Mon grand-père perdait la tête, on ne disait pas Alzheimer. Il perd la tête. Il ne reconnaît pas son fils alors on le met dans une maison et ça s'arrête, ça passe, il s'en va. Il part. Comme on dit.

Il part aussi silencieusement qu'il est arrivé, qu'il a vécu.

Il part discrètement, il s'efface, il rejoint son père mort, sa mère lorraine, tous les Thèves avant lui, et les autres, ceux des autres familles, toutes les branches de la généalogie, venues d'Allemagne, du Luxembourg, de Belgique ou de Meuse, d'Alsace, il rejoint l'histoire de l'Est, les décennies de progrès, les guerres antérieures. Il n'est plus là. Je ne l'ai pas vu partir. Ni arriver. Je le vois toujours à l'angle de la table, ou marcher lentement au pied de la cité, sur la départementale. Il y avait des chemins, des raccourcis pour rejoindre la forêt, depuis la cité, on traversait les potagers des gens, les jardins ouvriers.

Il s'en va, je ne le verrai jamais plus, je ne lui parlerai pas.

Son talent, c'est le silence, le jardin. Il ne parle pas, mais il rit, quand il est ému, il se retient, même le rire il le retient, mais on voit qu'il est heureux, touché, amusé. Ma mère détecte ces signes-là, elle reconnaît son émotion, elle reconnaît ceci dans le sourire de mon frère. Ça passe, les choses passent un peu, on les retrouve, on retrouve une trace de l'autre dans l'enfant né des années après, qui grandit dans un monde différent. Si différent. Mais l'expression demeure. Ce sourire avec les yeux, cette joie profonde, intérieure, qui n'explose pas.

Pépé marche sur la route départementale, avec son complet, sa chemise blanche, sa veste, ou plutôt en bras de chemise, c'est l'été lorrain, on fait une balade après déjeuner, bientôt il faudra repartir, rentrer dans les Vosges, y rester jusqu'à la fin de l'été.

*
* *

On restera là-bas jusqu'au 15 août, au moins. Le 15 août tout ralentit, tout s'arrête, le silence est immense, les cloches du village vont sonner à la volée, une fois, ou elles ne vont pas sonner. L'Assomption marque le début de la fin, l'été court à sa fin, mais ce jour-là, le 15 août, c'est l'apogée, le jour d'été le plus intense, il fait si chaud qu'on a interdiction d'aller dehors, « restez plutôt à la cuisine », dit ma mère, elle nous sert une menthe à l'eau, « vous sortirez plus tard, là vous allez crever de chaud, vous voulez pas faire une sieste ? » Tu penses qu'on a envie de faire une sieste. On s'ennuie, on joue pas aux cartes, on est dans la cuisine bien à l'ombre, bien au frais, le soleil tape dur le 15 août, le village est endormi, tous les commerces sont fermés.

Mais pour l'instant, on est à B., on se balade avec pépé, il nous guide entre les chemins ouvriers. On est le 13 août, ou le 14.

L'été est plat, il est plein, plein d'attentes pour la vie d'après, quand on sera grand et qu'on pourra fuir, nous aussi.

C'est quelques jours avant le 15 août, dans les années quatre-vingt. Pépé marche sur la route départementale, il est encore bien portant.

On le suit tranquillement, on ne sait pas où il nous emmène. Il n'a pas tellement de coins secrets, c'est un petit périmètre autour de la cité. On peut remonter la route dans un sens, vers B., ou la descendre vers la forêt, vers le virage, on ne va pas plus loin.

Pépé n'élève pas la voix, ne nous voit pas. Il nous embrasse, rapidement.

Chez eux, on dort sous le gros édredon matelassé, on n'entend pas les trains qui passent, oui, on dort bien, autant que mon père adolescent, ou jeune homme, quand il rentrait de l'internat puis de la fac. Et qu'il passait les fins de semaine à B.

On n'a pas peur, ici ce n'est pas effrayant. Je revois le buffet, le canapé où mes parents se serrent, pour dormir à deux ça doit pas être évident, ils nous laissent la chambre, pourquoi ? Nous, mon frère et moi. « Nous deux Jeannot », comme on dit dans les Vosges. Mon frère porte le même prénom que mon arrière-grand-père mort à la mine. Les traces restent, les choses passent, elles s'effacent et se transmettent, elles disparaissent et renaissent, ressuscitent. Une expression. Un prénom. Un trait de caractère. Mon père ne connaissait pas, je crois, le prénom de son grand-père. Il sait si peu de choses. Comme moi. Mais il a voulu donner ce prénom-là à son fils. Mon père voyage et nous voyagerons, comme avaient voyagé les ancêtres de ma grand-mère, lituaniens, juifs, ou fantasmés. À l'instar de ces grandes migrations d'autrefois, ces déplacements de populations, les Juifs d'Europe, de Lituanie et d'ailleurs, venus en Allemagne, Belgique et France, comme tous ceux qui ont traversé le monde.

Qui ont dû fuir pour changer de vie.

Pépé, je l'ai connu, je l'ai vu, et pourtant je n'arrive pas à le revoir, à le qualifier. Il marche doucement. Il est fuyant tout en étant là. Il ne donne pas prise, même son visage, son corps, il les tient en retrait.

Après l'enfance, quand on grandit, pépé a de plus en plus de mal à vivre, nous ne les voyons plus. Nous grandissons, mes parents se séparent, mon frère fuit à l'étranger, je fuis à Paris, je ne sais pas quand il meurt, on me le dit je crois.

Pépé avait perdu la tête, peu à peu, il avait rejoint l'enfance, ou un lieu qui n'est ni l'enfance ni la mort, avait-il des souvenirs ? Que se rappelait-il, à la fin ? Son enfance près de la mine, avec les cités prolétaires, les maisons neuves pour l'époque ? Se baignait-il, lui aussi, comme nous, comme tous les enfants, dans la rivière proche ? Avait-il des grands-parents ? Aimait-il ses parents ? Comment s'entendait-il avec ses frères et sœurs ?

Où allait-il à l'école ? Est-ce qu'elle était loin, la communale, comme on disait ? Né allemand, pendant l'annexion, dans quelle langue étudiait-il ? En allemand ?

Parlait-il platt ou français à la maison, ou les deux ? Se souvient-il de la Première Guerre mondiale, des premiers combats, quand il était petit enfant ?

On dit que, quand on « perd la tête », seuls des souvenirs anciens demeurent, très anciens, le chemin qu'on prenait pour aller à l'école, le chien qu'on possédait, le visage de sa sœur, de son frère ou de sa mère tant aimée. J'aime à penser qu'on retrouve, comme sous hypnose ou ayahuasca, des scènes enfouies, traumatiques ou fondatrices, merveilleuses, qui ont guidé toute notre existence. Une lumière qui se rappelle à nous.

Il était dans cette maison, près de B., on s'occupait de lui. Ma grand-mère allait le voir, mais ça n'a pas duré.

Après sa mort, elle est restée dans le petit appartement. Et puis un jour, elle l'a quitté, aussi.

15.

C'est le 15 août, on est rentrés dans les Vosges, dans le village dans la vallée. On a fait le chemin dans l'autre sens, Metz, la porte des Allemands dans l'autre sens.

On est repartis, sur les chemins de Lorraine, sur l'autoroute qui file tout droit vers Nancy, puis Épinal. Puis Remiremont. Puis encore, puis au-delà, sur la route qui remonte la vallée de la Moselle, petit à petit les montagnes apparaissent, elles nous enserrent.

On a laissé pépé et mémé, la migration reprendra l'an prochain, on a laissé ceux de B., ceux qui vivent dans leur petite cité, on retrouve les maisons des Vosges.

C'est le 15 août, l'apogée de l'été, le jour le plus long, le plus lent, le plus silencieux.

Dans les vallées, autrefois, dans les villages, le 15 août était un moment important, ma grand-mère de B. qui aimait tant la Vierge devait penser à sa Vierge adorée, ma grand-mère vosgienne pensait à son repas, au grand repas du 15 août, elle n'était pas croyante du tout. Aujourd'hui, le 15 août marque le début de la fin.

Aujourd'hui, Paris se remplit à nouveau, c'est la fin de l'été, on profite des rues encore ensommeillées, désertes, à la pierre chauffée par l'été. Autrefois, après le 15 août, l'été s'étendait encore, on ne rentrerait que fin août, on reprendrait le chemin de l'école, la migration finirait, on laisserait la Lorraine, on laisserait les histoires de grands, ces êtres sages et merveilleux qui étaient si vieux.

Le 15 août, mami fait des confitures, des confitures de myrtilles, de fraises et de groseilles, mais aussi de groseilles à maquereaux avec les grains et la couleur bizarre, elle fait des tartes à la rhubarbe, un peu crémeuse, ni trop acide ni trop sucrée, mami cuisine encore et encore, en attendant, qu'est-ce qu'on pourrait faire de bon pour le 15 août ? Un plat de côtes, un rosbif, on le mangera froid avec la mayonnaise un peu citronnée, et en dessert une salade de fruits ? Les adultes imaginent les menus, il y a encore le munster au cumin à aller chercher, rond et blanc, encore frais. « Oh pour ce soir, ça ira, demain tu as prévu quoi ? »

Et puis sinon on ramasse les fleurs du tilleul pour préparer les infusions, il y a de la camomille aussi, amère.

Mami cuisine et le soir, après les balades, quand ses filles lui disent « arrête de travailler », elle fait du pain perdu, c'est ce qu'on préfère, avec du lait vanillé. Elle cuisine, prépare pour le lendemain. Les confitures de cerises sont de l'an dernier, on enlève la pellicule de paraffine qui doucement glisse sur la marmelade, si on met pas de paraffine ça moisit, la paraffine c'est rigolo de la faire glisser, « aide-moi », dit mami, et on se précipite, on fait aussi de la confiture de mûres parce que c'est la saison. Et le 15 août mami a bien droit à un doigt de kirsch, ou elle boit un Martini à l'apéro.

Si on est sages on ira à la piscine, sinon on fera des tours et des tours autour de la maison avec le vélo.

« Mami avait dû s'occuper de ses frères et sœurs, dit ma mère (oui, toujours la même enfance), pour sa sœur Adrienne, c'était comme une mère, il y avait aussi la sœur handicapée qu'on avait mise en institution, et le frère aîné, gentil, je l'ai bien connu. À l'époque, il y avait le café, et la boucherie. Ma mère aidait au café, son père tenait le café, et la boucherie à côté. »

C'est le 15 août, j'ai oublié.

« Son père était très gentil, un homme très bon, elle l'aimait beaucoup. Sa mère, moins. »

Ici, en Moselle, près de Metz, c'est l'automne, le jardinier passe sous mes fenêtres, il faut tailler les haies, tondre le gazon, donner un semblant d'ordre à la nature sauvage, qui envahit le village.

Les arbres que j'admirais à mon arrivée n'ont presque plus de feuilles.

Le rouge et le jaune sont tombés, faisant apparaître les branches, bientôt nues. Noël est encore loin, les jours sont très courts.

Ma grand-mère a travaillé toute sa vie, personne n'a repris le café, de toute façon je crois que son père avait des dettes, il était trop gentil, il ne faisait pas payer tout le monde, ceux qui avaient une ardoise, il n'osait pas la réclamer. Pas facile de tenir un commerce.

Nous sommes réunis dans les Vosges le 15 août, bientôt ce sera la fin de l'été, mon cousin et sa mère s'en vont, on va les accompagner à la micheline, ils prennent un petit train qui part le soir et changeront à Épinal, ils ont réservé des couchettes, ma tante est toujours en retard à la gare, vite, la micheline arrive !

Après les avoir déposés à la micheline on rentre à la maison, on marche doucement, c'est un peu triste, ils sont partis, la smala rétrécit, pour le soir mami a fait une soupe. C'est silencieux soudain, le soir. On a le droit de faire une partie de cartes, ou de dames.

Bientôt la fin de l'été, on va rester encore une semaine et après on rentrera tranquillement, ou alors carrément le 31 août, pile pour le retour à l'école, ça va être pratique.

Tout le monde s'en va, la maison se vide, il y a de la place dans le chalet là-haut. La micheline, on la voit passer dans la vallée.

Il y a encore des belles journées, mais parfois c'est un été de pluie, on ne voit pas le soleil de la journée, les prairies sont mouillées, l'électricité des clôtures crépite encore plus avec la pluie, on se croirait en octobre, on remet le chauffage, on fout du bois dans le poêle ancien, en faïence, pendant que le coucou scande les heures. Le petit oiseau va sortir, il sort, il chante « ti-coucou, ti-coucou » et se planque à nouveau, derrière son volet, dans sa petite maison en bois. Nous ne sommes plus que trois ou quatre dans le chalet, il n'y a pas de pères, il n'y a que des femmes, il n'y a que ma mère. Et les enfants, bien sûr, les enfants turbulents. Il n'y a que des femmes qui cuisinent aussi, ramassent des fleurs, font des navettes avec la voiture, s'occupent des gosses, lisent de longues heures dans la chaise longue, fument des clopes allègrement, rendent visite à la famille dans la vallée. Après tout, elles sont en vacances. « Mais c'est pas des vacances, je vous jure, de s'occuper de ces gosses. » Quand il pleut, on reste enfermés, je ne sais pas à quoi nous jouons. Nous nous disputons, souvent, tout le temps. Je suis le grand, je suis impossible. Un jour, je dors chez mon ami Stéphane, nous dormons dans le même lit, mais nous ne jouons pas à des jeux de garçons. Tout ça viendra après. Stéphane, sa mère est trop marrante, c'est une pure Vosgienne, bien campée en sabots sur le pas de sa maison, les frères de Stéphane ont leur chambre en bas, quasiment dans le garage, ce sont deux beaux gosses, deux grands mecs, futures graines d'ouvriers, de mécaniciens, de menuisiers. On travaille avec les mains. Ce sont deux beaux gosses,

Stéphane est le petit, le plus grand a une moto. Ils dorment en bas, la mère de Stéphane nous a préparé à goûter, Stéphane avec sa voix aiguë se dispute avec ses frères, mais c'est pour de faux, on est les mioches, les grands nous calculent pas trop. J'ai pris l'accent de Stéphane à la fin de l'été, et puis quand l'année reprend, quand l'école revient, on s'oublie.

À chaque été, je cours le voir en premier, la porte s'ouvre, sa mère dit « C'est qui ? », « C'est moi ! » Et tout recommence.

Dans le chalet, appelons-le comme ça, appelons-la comme ça, cette maison contre les arbres, collée à la forêt, il n'y a pas de pères, ni l'oncle de la Martinique, ni le mari de ma tante, ni mon père bien sûr, s'ils sont là on ne les voit pas, ils accompagnent, ils prennent leur place discrètement, les mères organisent tout ça, c'est leur village, leur royaume, leurs enfants, leurs parents, tout se reconstitue là. Graines de Vosgiennes, elles retrouvent leur forêt, leurs souvenirs d'enfance, ma tante a une amie originale, dans le village, une ex-prof de français droguée, ma mère n'a pas d'amie. Elles ont une cousine qui vit dans le Sud et qui est là pour les vacances, les grandes vacances – tout le monde a fui de toute façon, ils remontent pour les vacances, tout le monde habite ailleurs, sauf l'originale, l'ex-prof de français, qui vit sur la nationale, avec son chat, et ses cheveux en pétard, et le cannabis que ma tante va fumer avec elle.

Il n'y a pas de pères, les pères n'ont pas que ça à faire.

Avec mon père parfois, on va à la piscine, la bleue, la translucide, la superbe, la grande piscine municipale avec le plongeoir totémique, mon père est plein de soleil comme moi, on cligne des yeux pour la photo, l'eau reflète mille rayons. La photo atteste la présence de mon père, les Vosges portent la trace de nos corps, nos présences négatives, nos pas répétés, dans le village. Les enfants sont petits, portés sur le dos, sur les épaules, puis grands, on fête mon anniversaire avec quelques enfants du village, ceux que j'ai pu rassembler, traces de tarte aux myrtilles sur tous les visages. Mon frère sourit, mon cousin aussi. Ils sont trop mignons tous les deux, ils ont le même âge, complices.

Et puis l'été finit, mon cousin s'en va, et puis nous aussi.

Et puis le 15 août passe, les cloches ont sonné, ou pas, la pluie est revenue, on a encore fait quelques balades, là-haut, sur la route des crêtes, on est allés manger dans cette auberge d'altitude, on a marché jusqu'au lac noir, là-bas, dans le fond de la vallée. On s'est beaucoup ennuyés. On n'a pas vu le temps passer. Oh que si, on l'a vu passer. On est allés parfois à la maison de la presse, s'acheter quelques albums. On n'a pas regardé la télé vu qu'il n'y en a pas, on n'est pas allés au cinéma vu qu'il n'y en a plus, un été, on est allés à la bibliothèque qui vient d'ouvrir. Mais bon. Dans l'ensemble ça s'est bien passé. On n'a rien demandé. « De toute façon, c'est pas vous qui décidez et vous parlez pas comme ça aux grandes personnes, espèce de petits morveux », parfois la haine apparaît, mais elle est bien peu de chose, c'est pas évident d'être vivant, d'avoir des enfants. On pleure un peu puis c'est bon. On boude dans le bureau de papi en bas. On est enfermés dehors « et tu reviendras quand tu seras calmé ». Bon, ça s'est bien passé. Après, bien sûr, il faut s'excuser d'une toute petite voix, « excuse-moi papi », qu'est-ce qu'il faut pas faire. Après qu'on a été grondés, le lendemain, tout est oublié, on s'ennuie à nouveau, on réclame, on voudrait faire ci, ou ça, on veut vivre d'aventures.

Et puis à la fin l'été est passé, les deux mois sont écoulés. On rentre. On quitte les Vosges.

*

* *

Au revoir, au revoir, les grands-parents font au revoir, au revoir longtemps devant le grand portail.

Un matin, très tôt on s'est levés et on a chargé la voiture, il faisait encore nuit dehors, on ne sait pas si on pourra la fermer cette voiture, faut bien tout ranger, charger la voiture bien dans l'ordre, et puis se serrer un peu à l'arrière, on a mille bornes à faire. « Vous serez prudents ? », oui bien sûr, ma grand-mère commence déjà à nous faire de grands signes, des baisers de l'autre côté de la vitre de la voiture, alors qu'on est bien installés, on n'a plus une place pour bouger, on est bien réveillés, le jour se lève à peine. La voiture est chargée à bloc, prête à partir.

La voiture roule doucement, dans l'allée, cette allée où tout l'été on a fait les fous, des dérapages à vélo, cent fois on s'est cassé la gueule sur le gravier.

La voiture roule doucement pour que nos grands-parents puissent nous suivre, à pied, jusqu'au portail.

Au revoir, au revoir, de grands signes, des sourires.

La voiture attend encore un peu, les parents ont ouvert la vitre pour parler aux grands-parents, « oui bien sûr, on sera prudents, on vous appelle en arrivant » (est-ce qu'on appelle, à cette époque, pour dire qu'on est arrivés ?), ce sont les derniers mots avant de remonter la vitre avec la petite manivelle, « on fera attention », je n'ai pas envie d'entendre les derniers mots, nous on est sagement assis à l'arrière, il y a un peu d'excitation aussi.

Puis la voiture s'engage dans la rue.

Elle tourne et se dirige vers la nationale.

Au revoir, au revoir, font les vieilles personnes avec leurs grands gestes. Et c'est parti.

On file.

16.

On roule dans l'autre sens, on passe le col qui reconduit en France, dans la vie normale, on traverse la plaine plate et perfectible, celle dont j'ai parlé au début, ce ne sont plus les vallées, les montagnes, c'est un paysage de champs, de bocages, de bosquets, une route nationale toute droite, on laisse derrière soi ce village, et toute la Lorraine.

On redescend dans le Sud, ça durera toute la journée, on s'arrêtera peut-être.

Moulins, Montluçon, Moutier-d'Ahun, on file pile en diagonale. Bourganeuf, la vieille France, on ne prend pas l'autoroute, il n'y a pas vraiment d'autoroute, pas de quatre-voies, pas dans ce sens-là. Ça s'est bien passé. On va vers le soleil.

On râle, on pleure un peu, on mange un sandwich sur le bord de la route, « attendez un peu, on vient à peine de partir », mon frère pleure, « ah non vous allez pas commencer », et ça file, ça roule, chaque tour de roue nous éloigne, nous les avons laissés dans leur village antique, primal, premier, dans la longue racine vosgienne dure comme du bois, ceux de B. on les a oubliés depuis plusieurs jours déjà, vu qu'on les voit si peu.

On s'en va, eux, s'ils ont le courage, viendront nous voir à Noël ou à Pâques, ils traverseront la France à leur tour.

On s'écrit bien sûr, ma mère appelle ses parents, « les enfants venez, c'est mami au téléphone ». Dans l'année on s'écrit – et on reçoit les missives aux anniversaires, une carte qu'il faut ouvrir, très simple, ou juste un petit bout de papier plié, on reconnaît tout de suite l'écriture quand la lettre arrive chez nous, le message, la voix de nos grands-parents qui pensent à nous. Comme nous, on pense à eux, parfois. Oublieux. Comme nous sommes oublieux mais chaque été, nous les reconnaissons, ils ne vieillissent pas je trouve. S'ils vieillissent, ils sont toujours pareils. Bien qu'un jour, ils ne soient plus là. Qu'ils soient partis en premier, comme on dit, les hommes d'abord, les femmes ensuite.

On ne pratiquait pas la visio, les textos, le téléphone à gogo, alors on avait ces lettres.

Pour appeler en France, hors du département, fallait faire le 16, ça coûtait un peu, alors on s'éternisait pas.

Dans la vallée, l'hiver avait dû finir par arriver, au bout de quelques mois, même si les neiges n'étaient pas aussi abondantes, aussi épaisses, même si le silence n'était pas aussi grand. Qu'avant.

La vallée, sous la neige, ressemble aux grands froids d'antan, tout est immobilisé, glacé, pris sous l'étau de l'hiver vosgien. Mon grand-père a photographié des stalactites, historiques. Le long de la pente des toits des chalets, les stalactites tombent. On pose, on rit. Les maisons fument, il y a la villa avec marqué « Photo ciné » sur la façade, c'est dans les années trente, ou cinquante, après le pillage des Allemands. Ou quarante. Ça ne bouge pas beaucoup. Le restaurant *Bénélux-Bâle*, sur la route des routiers, n'est pas encore ouvert. Les usines textiles fonctionnent encore. Mon grand-père photographie les majestueux sapins, immenses et sculpturaux, il photographie sans fin la neige, jusqu'à se perdre dans le blanc. Il fait un travail sur le blanc comme d'autres sur le noir. Les photos d'été sont noires, moins belles. Tout est en noir et blanc et la neige sublime cette technique. L'été, tout est sombre, les sapins des montagnes, les maisons, les champs. L'hiver, la lumière revient, la poudreuse qu'on arpente à skis de fond, les arbres aux branches déployées, ployant sous la neige.

L'hiver était revenu, peu à peu, et mon grand-père photographiait encore. Peut-être.

Mon grand-père existe par ses photos, c'est l'image que je garde de lui, même si je ne l'ai jamais vu pratiquer son métier. À la fin, il a un appareil compact, qui n'est pas si mal je crois, qu'il dégaine parfois.

Il photographie sans fin sa vallée, la rivière glacée, les arbres protecteurs, puissants et bienveillants.

Nous retrouvons l'océan, d'autres décors, d'autres couleurs.

Nous photographions en couleur, nous vivons en couleur, nous nous baignons en septembre, alors que l'école recommence.

Eux, ils sont restés là-haut. Dans l'Est. Comme on disait.

À B., je ne sais pas ce que font mes grands-parents. Peut-être des allers-retours en Alsace chez leur fille. Ils reçoivent mes cousines. Ma cousine adore passer du temps chez pépé-mémé, je me dis qu'elle doit être bien, chez eux, se balader avec le pépé, discuter avec la mémé. En Lorraine, on met un article devant le nom, aujourd'hui encore, ici, ils parlent comme ça. « Le Julien ».

Ma cousine se rapproche de pépé-mémé, la Lorraine est juste à côté de l'Alsace, il faut qu'elle me raconte, me parle d'eux.

Il faut absolument qu'elle me dise qui ils étaient, d'où ils venaient.

Ma grand-mère souriait tout le temps, on avait l'impression qu'elle était tout le temps amusée de la vie, que tout la ravissait, tout était léger. Elle prenait tout ça avec légèreté, bonne humeur, elle a l'œil qui frise. Elle parle avec son accent chantant, indéfinissable, les R qui se roulent et arrondissent la parole d'une bonne mémé, toujours attentive. Quand on l'embrasse, ce n'est pas comme avec mami, ce n'est pas piquant et savoureux, c'est ferme et doux, décidé. Elle nous embrasse et puis elle se remet aux fourneaux. Ces femmes, à hauteur d'enfant, sont toujours debout dans la cuisine, devant les fourneaux. Elles touillent, elles hument, elles goûtent. Elles émincent, elles râpent, elles écossent. Elles désossent, elles tranchent, elles dressent. Elles remuent encore et encore, elles couvrent, elles laissent mijoter. Elles ont le temps. Ça mijotera le temps qu'il faudra. De toute façon elles ne font que ça. En plus du reste. Elles sont dans la buanderie, à la cave, elles ont un lieu secret où elles ont rangé toutes les affaires du ménage, un peu sombre, avec les balais, les bocaux, c'est leur royaume, « n'entre pas ! », on les suit discrètement, on a peur de déranger, de faire tomber quelque chose, c'est tout petit, tous leurs trésors ménagers sont là. Ma mémé de B. touille et se concentre, ce sera bientôt prêt, il faut que ce soit parfait. Elles n'avaient jamais « travaillé », n'étaient jamais allées au bureau, en réunion. Elles n'avaient pas pris le métro, n'étaient pas parties en voyage « pro ». Elles n'avaient pas trimé en usine – tant mieux pour elles –, même si ma grand-mère vosgienne faisait tous les métiers, puisqu'elle aidait au magasin et au cinéma. Mais nous, nous n'avons vu que la cuisine, et les courses, elles étaient vieilles.

Ma grand-mère de B. a préparé des œufs à la neige. En entrée, ce sera des vol-au-vent, puis une palette, et la salade du jardin de pépé.

On va se régaler.

C'est par le goût, les odeurs que ça demeure.

C'est ce qu'il y a de plus vrai dans ces souvenirs, les baisers et les gâteaux, les repas et les balades, et les longues heures d'ennui.

Mémé continue à cuisiner, quand on l'aide à la cuisine, on tamise la farine dans la passoire, pour que ça ne fasse pas des grumeaux dans la pâte à crêpes, au début la farine est toute grosse, avec des gros bouts, après c'est une fleur de farine, légère comme un rêve, comme la neige des forêts, pulvérulente, faut pas trop remuer sinon après ça refait des gros bouts (on se demande à quoi ça sert de tamiser la farine vu qu'après on mélange tout à nouveau). Avec les œufs, mémé a une technique, elle sépare les blancs des jaunes et ne se trompe jamais, nous on n'ose pas le faire, on saurait pas, on en mettrait partout. Elle, elle a le geste parfait. Pour voir si le gâteau est prêt, elle trempe un couteau dedans. Si le couteau ressort propre, c'est bon. Parfois elle nous donne la pâte à remuer, on remue un peu le lait, la farine et le sucre, rapidement la pâte est prise, c'est une vraie transformation. Dans la cocotte, attention à pas se brûler, et à pas s'approcher trop près de la cuisinière. « Allez, ouste ! » On détale, ravis.

Quand le chocolat fond dans la casserole, ça sent dans tout l'appartement. Dès qu'on entrait dans l'appartement, ça sentait bon, ça sentait toujours la cuisine de toute façon, les fourneaux étaient toujours en action, odeur du repas bien chaud, « vite, on passe à table », odeur des gâteaux de l'après-midi, qui gonflaient tranquillement dans le four, qui reposeraient jusqu'au soir, « on mange pas un gâteau tout chaud », odeur de la cuisine du soir, bonnes odeurs de propre, d'une vie de vieux, adorés.

On n'a pas allumé quand le soir est venu.

On a parlé tout doucement avec mémé dans la cuisine.

17.

On a parlé avec elle dans la cuisine, on a parlé, on s'est dit tout ce qu'on s'est jamais dit, tout ce qu'on ne se dira jamais.

Elle m'a raconté l'enfance, les patates dans le champ, la ferme dans le vallon avec tous ses frères et sœurs, et l'année où elle avait servi à Paris, elle s'était perdue dans le métro : elle, une petite paysanne, soudain la panique, perdue à l'arrivée, en arrivant gare de l'Est, tous ces couloirs, la foule, les gens partout. Les visages fermés. Heureusement, une dame en tailleur – elle n'avait jamais vu des gens si élégants, dans le métro, il y avait vraiment toutes sortes de gens – lui avait indiqué la bonne direction.

Elle était arrivée rue Soufflot.

Cette famille était gentille, ces personnes qui l'employaient. Comme bonne à tout faire.

Elle avait tenu une année comme ça.

De Paris, de la rue Soufflot, elle n'avait pas voulu trop reparler.

*

* *

Elle m'a raconté comment mon père était sage, si sage, et toujours poli, « oui maman », il faisait des bêtises parfois, mais elle ne se rendait pas compte, « oui maman », il n'y a que moi qui sais. Avec sa fille, ça avait été plus difficile, c'était l'aînée aussi, quelle tête de pioche – « Tu sais, entre mère et fille… »

Elle m'avait raconté bien des choses, touillant et retouillant dans sa cuisine, l'exode vers Sète en 1940 avec sa fille en bas âge, la vie là-bas, près du canal, dans le tout petit appartement. Le sol était de terre battue, c'était un quartier de pêcheurs, elle n'avait jamais vu autant de soleil, elle n'avait jamais eu aussi chaud, elle s'était baignée, c'était délicieux ces baignades.

Après, après la guerre, ils étaient retournés aussi souvent que possible au bord de l'eau, à Gérardmer ou ailleurs, pas très loin, dans les Vosges voisines, elle avait pris goût à la baignade.

Elle me montre cette photo qu'elle a toujours dans un tiroir, avec le calendrier des Postes et les listes de courses, et les recettes recopiées – 5 4 3 2 2 et l'africain. Elle est en maillot de bain une pièce, ses enfants dans les pattes, pépé à côté, en moule-bite rustique, ça doit être juste après la guerre. Mon père est tout petit. Après la guerre, il avait commencé à récupérer de ses carences.

Pépé avait retrouvé un poste à la douane, en Moselle, la Moselle était redevenue française, fort heureusement, ils étaient remontés chez eux, ils avaient retrouvé tous les cousins, tous les frères et sœurs, ceux qui faisaient du schnaps et ceux qui travaillaient encore aux champs, ceux qui œuvraient en usine et même celui qui avait réussi, lui aussi avait une usine. Ils s'étaient tous retrouvés après la guerre, les Mosellans, ceux qui étaient partis et ceux qui étaient restés. Beaucoup de maisons avaient été détruites, eux avaient fui, on sait pourquoi : ne pas servir le Reich, ne pas devenir fonctionnaire allemand. Ils avaient retrouvé les pommiers, les mirabelliers, les cognassiers, les arbres que je vois ici, près de Metz, alors que mon séjour se termine.

Ils avaient laissé la lumière du Sud, et l'étang de Thau, après un crochet par les Alpes.

Ça n'avait pas été des années faciles, il y avait encore beaucoup de pauvreté à la fin des années quarante, au début des années cinquante. Mais enfin il y avait le traitement de douanier. La guerre était finie, on espérait que c'était la dernière, tout s'apaisait, en Allemagne c'était « année zéro », mais ici c'était plus facile, parfois mémé allait de l'autre côté du vallon, deux kilomètres et c'était l'autre village, le village allemand, elle avait des cousins là-bas.

Elle m'avait parlé de la Vierge, « il faut être bien sage, tu sais pour que le bon Dieu il t'apprécie, il faut être gentil avec ta maman, il faut bien travailler à l'école, et si tu es sage, je t'enverrai un petit billet » – ils envoyaient un billet directement dans l'enveloppe, ils n'avaient pas peur de se le faire voler, un de La Tour ou un Berlioz tout froissé. « Le bon Dieu il aime les enfants sages, tu sais. » Oui, mais ça, elle le disait à l'enfant.

À l'adulte, elle avait raconté une tout autre histoire. Elle avait raconté les persécutions, les pogromes, l'émigration, elle avait retracé toute l'histoire, même si c'était de l'histoire ancienne quand même. Les traces se perdaient, il n'y avait pas de registres, même si les Allemands tiennent tout ça très bien. Les origines fantasmées ne peuvent être retrouvées, mais mémé m'avait raconté ça, elle m'avait raconté le shtetl, la Lituanie et les rites, le voyage vers l'ouest, les mariages dans ce coin de Sarre, les multiples enfants, tous ceux qui mouraient en bas âge, ici comme en France, et l'origine s'était perdue. Les noms s'étaient mélangés, je les avais retrouvés aux archives départementales, pendant mon séjour ici, en Moselle. Les Schatz, les Tritz, les Haan, les Benning, les Reiland et les Demerath, les Mohr, les Felten, les Leidisch, les Borhoven et les Simonis, un rêve de noms, un enchevêtrement de patronymes, aux beaux noms allemands, j'avais lu ces noms qui racontent l'autre côté du Rhin, la Prusse, l'Europe centrale, ces noms pleins de mystères, qui avaient afflué, conflué, jusqu'à elle. Mémé.

Elle m'avait raconté, comme si elle avait su, comme si elle avait eu la connaissance des histoires anciennes.

Et puis elle avait souri, le don de voyance s'était dissipé, l'inspiration était retombée, le récit était passé. Elle était redevenue mémé, et moi l'enfant.

Elle m'avait dit : « Tu goûtes ? Tu me dis si c'est assez chaud ? » Elle m'avait donné ce rôle important de juger de la qualité, de déterminer si c'était prêt, prêt à servir, je m'étais exécuté, j'adorais me hausser sur la pointe des pieds, jusqu'aux fourneaux, « attention, pas trop près ! », soulever le couvercle de la cocotte parfois.

Je me soulève, je me mets sur la pointe des pieds, je me colle à elle, je m'accroche à son tablier, j'ouvre la bouche en riant, « hmm c'est bon, oui c'est délicieux mémé », elle avait souri, « allez, file », et puis elle avait continué à touiller, patiemment, elle avait mis le feu au minimum.

De l'autre côté, par la fenêtre, un train était passé, toujours aussi mystérieux. Il faisait beau en Lorraine, cet été-là.

18.

Je suis retourné à B.

J'ai fait ce que j'avais prévu, ce que j'avais envie de faire.

J'ai pris le bus à Metz, avec mon attestation professionnelle, j'ai dit que j'étais journaliste, ou écrivain, on ne sait pas très bien, le maire du village où je réside avait signé et tamponné. C'était tout ce qu'il y a de plus officiel. J'étais en mission.

Je pouvais faire semblant de travailler. Je suis parti.

Je pouvais faire semblant d'être journaliste, de mener une enquête. Je pouvais faire comme si c'était un pèlerinage, je ne sais pas trop. J'allais à B.

Le bus a pris la longue route de B., celle qui quitte Metz par-delà les coteaux.

Il a traversé la Lorraine détrempée, l'Est balayé par le vent, les nuages. Il pleuvait ce jour-là, une pluie intermittente, partielle, tout était gris de novembre. J'étais quasiment seul dans le bus. Nous étions deux.

Quelques kilomètres après Metz, le bus s'est arrêté, l'autre passager est descendu. Le voyage a continué.

Nous avons traversé des forêts, nous avons passé les hauts pylônes de la haute tension, filant depuis Cattenom, la centrale nucléaire construite en 1979. Nous avons encore croisé quelques villages, tout était fermé, pluvieux, triste, certaines maisons avaient été des auberges, des cafés, des commerces, abandonnés depuis longtemps. La Lorraine continuait, vers l'Allemagne, ce n'étaient que des champs, et de longues perspectives.

Le bus est arrivé à B., au bout d'une petite heure, par un frais matin de fin d'automne.

*

* *

J'ai vaguement reconnu B., le bourg où ma grand-mère allait faire les courses. Elle marchait sur ce chemin sur lequel je marche à présent.

Je marche vers la cité des Douanes, je quitte le centre-bourg.

La pluie avait cessé, elle a recommencé, une petite pluie fine, presque une brume, une vaporisation, très agréable.

Les voitures passent sur la route départementale, qui mène à d'autres forêts, d'autres frontières.

Enfant, le bourg était vraiment éloigné de la cité. C'est ce qu'il me paraissait.

Cette fois, j'y suis en quelques minutes, d'une balade sous la pluie.

La cité n'a pas changé, avec ses couleurs à la fois vives et démodées, un ton de beige, un ton de rouge.

Il n'y a que deux bâtiments.

J'entre dans la cité, mes grands-parents vivaient dans le bâtiment à gauche.

*

* *

Je ne savais pas par où entrer.

J'ai poussé la porte, la porte était reconstituée, rafistolée, il n'y avait pas de code, pas d'interphone, il suffisait de tirer la porte, on avait peur qu'elle lâche.

À gauche, contre le mur, il y avait encore pourtant la batterie d'interphones. Le nom était toujours là.

Plus de vingt ans après, il y avait le nom Thèves, il y avait le nom Theis, et des noms italiens. Et des noms effacés. Des boutons d'interphone sans nom attribué. Le nom Thèves, le nom Theis et les noms italiens étaient placés sous une petite vitre, ils avaient été gravés avec cette technique particulière au XXe siècle, le martelage d'un ruban de plastique coloré. Ça résiste au temps, ces choses-là.

Il y a encore le nom. Le mien, et le nom Theis, qui ressemble, ma grand-mère parlait tout le temps des Theis, ses meilleurs voisins.

J'entre, je pousse la porte pourrie, défoncée, rafistolée. La cité est dans un état pitoyable.

*

* *

Dans le hall – plus petit que dans ma mémoire, bien sûr – l'odeur a disparu. C'est ce qui frappe en premier. L'odeur de frais, de propreté et de resserre. L'odeur protégée de l'été, on entrait comme dans une cave, on appréciait l'ombre, le silence, et pourtant nos cris résonnaient, avec tout ce faux marbre de l'escalier, ces murs blancs, ces familles silencieuses derrière les portes fermées.

Ici encore, c'est silencieux.

J'entre.

Dans le hall, les boîtes aux lettres des occupants actuels sont posées à même le sol, empilées, instables, prêtes à dégringoler. Les noms sont griffonnés, des noms de l'Est, l'Est lointain, des noms slaves, ou des noms arabes, turcs.

Un fil électrique pend dans la cage d'escalier. Au premier, une porte est entrouverte.

Certains appartements sont peut-être inoccupés, servant de débarras. Quand je monte, un homme descend.

On se croise, il semble étonné – on ne vient pas ici comme ça, par hasard.

Il demande si je cherche quelque chose, il dit qu'il est le « concierge », il parle avec l'accent slave.

Je dis que mes grands-parents vivaient ici, il a lancé une phrase, j'en ai lancé une autre, c'est assez. Nous nous croisons.

Je monte jusqu'au deuxième droite. Derrière cette porte, l'enfance commençait.

*

* *

En bas, au pied de la cité, on a jeté des affaires, un matelas sans doute plein de punaises, un vieux frigo, des sacs-poubelle, des rebuts de bricolage, bois, plâtre et ciment. Des détritus.

Le parc où nous jouions est retourné à l'état sauvage, la nature a poussé sauvagement, les agrès ont été démontés depuis longtemps, ainsi que les bancs. Tout est ravagé, en friche.

La nature a poussé, elle a mis vingt ans, trente ans à pousser, de nombreuses saisons se sont succédé, des automnes comme celui-ci et des étés comme autrefois.

La nature est faite de buissons, de hautes herbes et d'empilements minéraux, il y a encore de l'électroménager dans le champ, bon débarras, jetez, jetez tout ce que vous pouvez.

Et la voie ferrée derrière.

Il n'y a pas grand-chose à retrouver, les deux bâtiments sont toujours là, il y a encore marqué « Douanes » sur un bloc d'interphones, et « Brigade » en rouge, en cas d'urgence.

Ces bâtiments seront détruits bientôt, frappés d'arrêté de péril.
La mairie lutte contre l'habitat insalubre, c'est son devoir – ici, c'est un bailleur privé qui laisse la fabuleuse cité se dégrader, lentement.

D'autres gens, venus d'autres pays, d'autres histoires, ont trouvé refuge là pour un temps. Ils cohabitent avec les noms anciens, les Italiens, les Thèves et les Theis. La cité

est très peuplée, il y a nous et il y a eux, il y a les nouveaux et les anciens, la trace des morts et la présence des vivants.

Ces carcasses de béton résistent au temps, ça vit vieux ces trucs-là, le faux marbre est impeccable, la cité des Douanes est l'une des trois ou quatre cités qui entourent le bourg de B., promises à la réhabilitation ou à la démolition.

De l'autre côté de la départementale, il y avait les jardins ouvriers.

On peut encore y circuler à travers champs, de part et d'autre des maisons neuves – pas nombreuses, mais quand même.

C'est un coin de Moselle qui perd de la population, qui connaît une certaine pauvreté, où les usines ont fermé. La plus grande employait près de mille personnes et fabriquait des pièces automobiles.

C'est un coin de Moselle, tout au bout, vers l'Allemagne, et le Luxembourg bien sûr. Mais ici, l'argent du Luxembourg ne vient pas vraiment, on n'est pas en ville, on n'est pas tout à fait à la frontière du pays de cocagne.

Il y a les cités du bord de B., de la périphérie, en rénovation ou vouées à la destruction.

Une mairie récemment conquise par un jeune loup, des

commerces qui tiennent le coup, quelques cafés fermés à cause du confinement.

On pourrait circuler à travers champs, refaire le chemin de pépé et aller se balader au bord de la Nied, cette rivière qui donne son nom à ce pays de plaines et de forêts, tout au bout de la France.

On pourrait marcher un peu, essayer de retrouver quelque chose, mais je n'ai pas le temps.

Il fait trop gris, j'ai quitté la cité, refermé la porte une dernière fois, je ne la reverrai pas, elle sera démolie et effacée de Google Maps. Ou peut-être sera-t-elle rénovée de frais, et la vie continuera.

J'ai quitté la cité et suis revenu au centre-bourg.

Je n'ai pas poussé la porte, au deuxième droite, je n'ai pas sonné ou toqué sur le bois en contreplaqué, je n'ai pas demandé aux actuels occupants – s'ils avaient été là, ce jour-là, à cette heure-là – « Excusez-moi, mes grands-parents vivaient ici, je venais en vacances, est-ce que je pourrais jeter un œil une dernière fois ? » Il paraît que ça se fait, je n'ai pas osé sonner, frapper. Ce n'est pas l'envie qui m'a manqué.

J'ai laissé l'enfance derrière moi.

19.

À B., il y a une tombe.

Il a fallu la trouver, je la connaissais. En venant à B., je n'avais pas pensé à la tombe.

Je n'avais pas pensé qu'ils étaient là.

Encore là.

Laissés là.

Sous une forme ou sous une autre.

Je me suis rappelé, soudain, ce voyage d'il y a vingt ans, cet enterrement d'il y a vingt ans, ma grand-mère venait de mourir, mon père était là, on était venus en catastrophe, j'avais accouru de Paris, mon père du sud de la France, le reste de la famille depuis Strasbourg.

Il pleuvait, comme aujourd'hui.

Ça devait être en automne, comme aujourd'hui. Ou était-ce au printemps.

Nous étions accourus, penchés sur cette tombe, petit groupe, serré, hâtif, désordonné. Désaccordé. Il me semble que c'était en un autre lieu, dans une autre vie. Je n'étais pas moi-même, j'étais conscient, mais j'ai oublié ce voyage.

J'avais oublié ce voyage.

En arrivant à B., je me suis souvenu qu'il y avait une tombe, que mes grands-parents étaient là, peut-être, mais oui, forcément.

En m'approchant du cimetière, j'ai reconnu le lieu, j'ai retrouvé le moment. Ce moment d'il y a vingt ans où personne n'avait pleuré, en tout cas pas moi. J'étais venu puis reparti.

La tombe était là. Elle y est toujours.

*

* *

Il y a les souvenirs qu'on porte en soi, l'image ensoleillée de l'été, les jeux d'enfants, la cuisine de mémé, le petit train qui passe derrière, pépé sérieux et sage à l'angle de la table.

Il y a les vacances interminables, ce pays secret, dont on ne veut pas.

Cet appartement avec pépé-mémé, où on ne passe que quelques jours par an. Il y a ce lieu, vivant dans la mémoire.

Et les autres lieux.

Et la cité abandonnée, délabrée.

Et le lieu où reposent les gens, après, et le lieu où la réalité surgit, brute et simple.

Une tombe.

Un lieu où on ne va jamais, auquel je ne pense jamais. J'ai presque été étonné de les trouver là.

Avec leurs deux noms – le mien, et le lituanien ; le nom français et le nom juif, imaginé, rêvé.

Ensemble sur la pierre.

Sous la pierre, un vestige, un enterrement comme autrefois, une sépulture comme les premiers humains. Les corps sous la terre.

Ils étaient là.

Nous n'y étions plus mais eux, ils restaient là. Sous une forme ou sous une autre.

La cité se déglinguait doucement, les années passaient, mais eux, pour toujours, seraient d'ici.

Ils avaient été de l'Est.

Et leurs noms demeuraient.

Et le point final était inscrit là, dans la pierre, « Nous, on ne bouge pas. », « Nous, on a vécu là, tout le monde le sait, tout le monde peut le voir, on était de ce petit village, de ce coin de France, de l'Est, de Lorraine occupée ou libérée, d'Allemagne voisine. »

Ils parlaient platt avec leurs parents, le francique mosellan, ou luxembourgeois, mais dans les écoles on leur interdisait de parler cette langue, on les sanctionnait s'ils étaient pris dans la cour de récréation à parler la langue proscrite, ils parlaient français en roulant les R, ou ils ne parlaient pas du tout.

Ils étaient volubiles ou silencieux, souriants ou graves, tendres ou indifférents.

Ils vivaient à moins d'un kilomètre d'ici, de l'autre côté de B., sous les nuages et sous le vent.

J'ai presque été étonné de les trouver là.

Ce n'est pas eux que je cherchais, en venant à B.

Je les avais déjà retrouvés, par les mots, l'imagination. Les souvenirs minces et répétitifs, lancinants.

Je cherchais autre chose.

Mais eux, ils étaient là, comme une preuve de ma recherche, une validité de mon sujet.

*

* *

Elle était morte dix ans après lui, à plus de quatre-vingt-dix ans. Lui en avait vécu dix de moins, quatre-vingts exactement.

Ils étaient ensemble, comme je les ai toujours connus.

Sans enfants, sans parentèle. Ensemble.

Unis.

Sous la pierre, sous la terre.

C'était un couple uni, comme on n'en fait plus.

Ils sont conformes à l'image, à la conscience que j'avais d'eux. Je n'ai connu que ça.

Je n'ai pas connu leurs tourments, leurs dissensions, leurs rêves échoués. Je n'ai connu que ce couple. Responsable et humble.

J'ai touché les noms, la pierre humide et froide.

Puis je suis parti.

20.

Je ne suis jamais retourné dans l'autre village, le vosgien.

Je le regarde parfois sur Google Maps, je refais le chemin là aussi. Mais derrière l'écran.

Je passe la grande maison, celle des grands-parents, dans la rue principale. Je longe le haut portail. Je remonte la rue qui mène à l'église. Je passe le monument aux morts, sur la place autrefois écrasée de soleil, minérale, marbrée. Qui ne disait rien, ne racontait rien, juste ce stupide monument avec les noms, les dates, les guerres. La froideur, morte, dans les années quatre-vingt.

Je passe cette place, je passe le cimetière. Il n'y a plus de cimetière, juste un terrain vague, à lotir. Comme dans beaucoup de communes, on déménage les morts, pour faire de la place, on repousse les pauvres en périphérie, et les morts, bien sûr. Mais ici, les pauvres sont au centre-ville. Il n'y a pas vraiment de périphérie. Le cimetière a déménagé, je le vois bien, enfants, nous y entrions parfois. Il ne nous faisait pas peur. Je crois.

Je ne retourne pas au village, mais je remonte la rue avec la souris.

Je reconnais les commerces, fermés, où allait ma grand-mère. Salzgeber. La Sanal. Il y a toujours le même perron, trois petites marches avant d'entrer dans la boutique, ça pose son commerçant. De magasin il n'y a plus. J'arrive place de l'Église. Je suis à l'endroit même du café, de la boucherie, du cinéma, des établissements de mon arrière-grand-père puis de celui de son gendre, mon grand-père. Peut-être le projecteur est-il toujours, là-haut, dans la salle du cinéma ? Après avoir lâché l'affaire, dans les années soixante-dix, mon grand-père n'avait pas trouvé de repreneur. Le cinéma était resté tel quel, en l'état. Dans les villages, il n'y avait plus de cinéma.

Je suis place de l'Église et là commence la montée, la longue rue raide qui menait au chalet, au-dessus du village.

Le village compte quand même un hôtel, et un snack-bar. Et certainement quelques autres commerces.

Le chalet, là-haut, a été transformé. Agrandi. Il n'a plus sa silhouette de cabane alpestre, en bardeaux. Derrière, la forêt commence.

Le chalet où nous passions des semaines et des semaines, avec vue sur la vallée en bas, et la forêt derrière. Le chalet offert à mon grand-père, par son oncle, sans enfant, à son neveu préféré. Disait-on.

La forêt est là, elle commence après le chalet et monte vers la croix de P., d'où la vue sur la vallée est encore plus grandiose, impressionnante : les maisons posées anarchiquement sur le terrain plat, les emprises des usines. En face, une autre montagne, la fin du massif, la descente vers la France intérieure, la fin des vacances, le retour à la maison, à l'océan.

Je distingue la forêt, je l'imagine, je me souviens de nos balades, de notre monde illimité. Je n'ai pas envie de retourner au chalet, je ne ressens aucune nostalgie.

Je continue à me promener dans Google Maps, je laisse le chalet là-haut, je passe la maison voisine. C'était celle d'un sculpteur relativement célèbre, à la fin du XIXe et au début du XXe siècle, puis celle de son fils peintre, dont les œuvres sont exposées au musée de Nancy. Cette maison me fascinait, grande maison des gens riches, tout aussi effrayante que la nôtre, avec sa dimension, sa solitude dans un parc. Et ses dobermans, dont on entendait les hurlements parfois.

Je passe la maison de maître, j'entre dans un trou d'ombre au bout de la rue, cette ombre-là, je la connais. On entrait tout à coup dans l'ombre, on laissait le soleil de l'été, sous les arbres et les hautes haies.

Là, même derrière l'écran, ça me fait quelque chose.

L'ombre heureuse, les balades, l'odeur, ce petit tunnel avant de déboucher au soleil, ces quelques mètres ombragés, toujours ombragés derrière l'écran comme ils le furent, évoquent quelque chose d'insaisissable. Et de beau. D'intime.

Revisitation mentale, virtuelle ou réelle. Tout est bon, tout est présence.

Je peux survoler le village, aller où Maps me le permet, admirer l'ancienne villa familiale, celle pillée par les Allemands, retourner à la maison où mes grands-parents ont vécu ensuite, sur la rue principale, admirer d'en bas le chalet que ma mère et sa sœur aimaient tellement, contre la forêt, et qui me faisait peur. Mais que j'aimais, aussi.

*
* *

Dans le village vosgien, il n'y a plus de tombe, les morts ont été déplacés.

Pourtant, eux aussi, mes grands-parents, comme ceux de B., sont restés au village. Ils ont signé de leur nom la terre première.

Des générations et des générations s'étaient mariées au même endroit, avaient fait des enfants au même endroit, étaient mortes au même endroit.

Dans cette vallée. Dans ce village.

Puis la migration avait commencé, vers le Midi, la Martinique ou ailleurs. Tout le monde s'était éparpillé à l'autre bout de la France, de la planète.

La génération suivante avait quitté la vallée, le monde était devenu beaucoup plus mobile, on voyageait comme un rien, on changeait de pays, de ville, on allait où on voulait, on faisait ce qu'on voulait, on n'était plus enfermé ici, à vie, dans la vallée.

On pouvait être homosexuel à Paris ou coopérant à Toronto, professeur à Bordeaux ou consultant à Milan.

Voire même agriculteur dans la Creuse.

Mais pas rester ici, dans la vallée, très peu l'avaient fait. On pouvait tout vivre, émigrer facilement.

*

* *

Dans le village vosgien, mes grands-parents y étaient. Simplement un peu plus loin, à l'extérieur du village. Mon frère m'avait montré la photo.

À l'occasion d'un voyage dans l'Est, il était passé par le village.

Il avait retrouvé la tombe, dans le nouveau cimetière, à l'orée des sapins. Dans un joli coin de nature, à deux kilomètres du centre.

Ils étaient là, sagement allongés, décomposés.

Eux, c'étaient les noms, sur le marbre froid. Leur couple à jamais.

Deux noms, eux aussi, sans parentèle.

Sans leur fils mort à présent, reposant ailleurs, loin du village qu'il avait fui. Sans personne d'autre à présent.

Sur la photo de mon frère, le soleil brille comme autrefois. Les sapins sont bien présents. Et tout est très calme. C'est comme un mémorial après tant de fureur, tant de passion. Car passion il y eut, juste celle de vivre.

D'essayer.

Mes grands-parents morts signent aussi la terre, ils donnent leur nom à la vallée, parmi d'autres noms. Ce cimetière est un mémorial, celui des noms endogames, des générations aux noms pareils, mariés et remariés dans la vallée. Avant que l'arbre généalogique, les arbres touffus de la forêt génétique ne se mélangent et ne se déforment, coulent vers d'autres lieux, d'autres terres, avec d'autres noms, nouveaux. Que les Vosges, la Moselle et l'Est ne se diluent.

21.

Mon séjour se termine, les forêts de Moselle se mélangent. Les arbres sont menacés par la monoculture, par l'invasion du pin Douglas, mais continuent de grandir en bonne entente, dans une relative mixité. Certains sont très vieux, ils ont survécu à mes grands-parents, ils ont été plantés il y a cent ans, il y a cent cinquante ans.

Dans la forêt de Moselle, où je marche à présent, c'est toujours la même terre, avec les trous d'obus, les éclats de munition, les reliefs des trois guerres. C'est toujours la terre humide et molle, recouverte de feuilles, d'humus à présent.

Quand je suis arrivé, les arbres commençaient à peine à rougeoyer.

C'est le sol qui est rouge, à présent, rouge et jaune, beige, brun, il a toutes les couleurs de l'automne.

Les arbres, eux, ont peu à peu perdu leurs feuilles. Certains tiennent encore tête à la bourrasque, puis feront mourir la vie des feuilles avant de reverdir à nouveau, de connaître un nouveau printemps. Certains sont encore feuillus mais plus pour longtemps. Les pins Douglas font les fiers, intacts.

Le cycle des saisons s'accomplit, les arbres survivent, et parfois ils meurent, eux aussi.

Certains sont étouffés par le lierre, abattus par les tempêtes, mis à terre par les hommes.

Avec l'hiver qui vient, les boules de gui dans les arbres sont visibles de loin, ces arbres-là aussi vont mourir.

Certains survivent, plus longtemps que nous, ils ont connu les guerres et le silence de la paix, les cris des promeneurs, le chuchotement des amoureux. Et toujours les hurlements des bêtes, les cris variés, à toutes les hauteurs, toutes les tonalités, tout bas ou très fort.

Je marche dans la forêt sur la terre molle de Moselle, les grues cendrées sont bien arrivées, elles ont rejoint leur hivernage, elles ne passent plus dans le ciel. Elles ont traversé la Lorraine quand il faisait encore doux mais que le froid de la nuit s'accentuait, que les jours devenaient plus gris, parfois, plus sombres.

*

* *

Les arbres nous survivent mais ils meurent, eux aussi.

Les saisons passent et nous disons que nous avons quarante, cinquante, bientôt soixante, soixante-dix, quatre-vingts printemps. Et peut-être quatre-vingt-dix. Et peut-être même plus. Ces chênes qu'on abat, c'est nous. Et en attendant on se balade sous la beauté. Sous la beauté de la forêt, dans l'air humide et subtil, parmi les chênes, les hêtres, les ormes et les bouleaux qui nous ressemblent.

La nuit tombe petit à petit. Le coucher de soleil est grandiose. Je fais encore une dernière balade.

Sur la terre de Moselle, une voie romaine a résisté à tout, on marche sur les petits cailloux, pointus, on sent la voie romaine sous les pieds, elle brise le terrain lisse.

Les arbres, nos vies, la ligne Maginot et les forts de 1870, de 1914 et de 1940 ne sont rien à côté d'elle.

Et pourtant les jours passent tranquillement.

Certains sont inscrits pour toujours dans nos mémoires.

*

* *

La voie romaine pique un peu les pieds et la balade continue. Autrefois, ici, le sol était nu, depuis la forêt a poussé. Comme la végétation sauvage de la cité des Douanes, la nature change et se transforme, perd du terrain ou revient coloniser la terre, son histoire à elle aussi, peut-être, mérite d'être racontée.

Il y eut la voie romaine puis l'invasion des Huns, des Goths et des Wisigoths, l'affrontement entre les duchés de Lorraine et de Bourgogne. Les guerres de Trente ou de Cent Ans, de Religion ou de révolution.

Nous n'avons occupé qu'une petite partie du temps.

*

* *

Comme les arbres, mes grands-parents ont donné leur sève, leurs histoires, leurs émotions, leurs secrets, leur capacité de résistance et leur allure à d'autres arbres, d'autres enfants, d'autres humains. Ils ont déployé leurs branches, leurs bras. Ils ont fertilisé le monde, à leur toute petite échelle, comme des milliards d'autres arbres, d'autres humains.

Ils ont communiqué leur vie, leur énergie, leur souffle à d'autres vies, qui à leur tour ont continué à grandir, à aimer, à se reproduire, un peu similaires, un peu différentes.

Parmi ceux qui ont poussé à leurs pieds, dans leur ombre, à la fois protectrice et parfois étouffante, deux êtres s'étaient rencontrés.

À leur tour, ils avaient perpétué le cycle de la vie. Jusqu'à moi, qui ne le ferai pas.

*
* *

La voie romaine demeure, arpentée par les touristes, les randonneurs.

Les hauts-fourneaux se sont arrêtés, les armes se sont tues, comme on dit. D'autres enjeux dévastent le monde.

Mais les petits cailloux sont là, fichés dans la terre : mémoire des Romains, des Lorrains, de tous ceux qui sont passés là et passeront encore par là.

On a semé des petits cailloux qui nous guident sur les chemins.

TABLE DES MATIÈRES

PROLOGUE 5
1. 21
2. 35
3. 45
4. 53
5. 59
6. 67
7. 75
8. 85
9. 93
10. 99
11. 107
12. 113
13. 121
14. 129
15. 135
16. 145
17. 153
18. 159
19. 169
20. 175
21. 183
BIBLIOGRAPHIE 191
BIOGRAPHIE 193
ŒUVRE EN COUVERTURE 195
REMERCIEMENTS 197

BIBLIOGRAPHIE

Précarité, Balland/Le Rayon, 1999.

Son histoire, Balland/Le Rayon, 2000.

Le Pays d'où l'on ne revient jamais
(prix Marguerite-Duras),
Christophe Lucquin Éditeur, 2018 ;
Mon Poche, 2020.

Les Rues bleues, Buchet-Chastel, 2020.

BIOGRAPHIE

Julien Thèves est né à Strasbourg et vit à Paris. Il écrit dans *Le Monde* et produit des documentaires sonores pour France Culture. Il a reçu le prix Marguerite-Duras en 2018 pour son roman *Le Pays d'où l'on ne revient jamais*, paru chez Christophe Lucquin Éditeur. Il a également réalisé un film avec Vincent Dieutre (*Temps morts*, 2022).

ŒUVRE EN COUVERTURE

© Hélène Avérous, *Ils étaient de l'Est*, 2024

REMERCIEMENTS

Cette œuvre a été réalisée avec le soutien du Centre de recherche sur les médiations de l'Université de Lorraine, en partenariat avec le département de la Moselle, à l'occasion de la résidence obtenue (Récit'Chazelles).

L'auteur remercie chaleureusement Fabienne Jacob, Carole Bisenius-Penin, Madeleine Neyhouser, Yannick Groutsch et Mathieu Hippeau.

Imprimé en Union européenne
par l'intermédiaire d'ALPHA BOOK PRINT